la Scala

DACIA MARAINI

Corpo felice

Storia di donne, rivoluzioni e un figlio che se ne va

Rizzoli

Pubblicato per

Rizzoli

da Mondadori Libri S.p.A.

ISBN 978-88-17-10491-3

Prima edizione: novembre 2018

Corpo felice

Il mio amico deve essere un uccello
dal momento che vola.
Mortale deve essere il mio amico
dal momento che muore.
Possiede pungiglioni come l'ape.
Oh strano amico mio
tu vuoi confondermi.

EMILY DICKINSON, *Tutte le poesie*

Che fa il mio bimbo?
Che fa il mio capriolo?
Verrà tre volte ancora
E poi non verrà più [...]

ieri ho avuto una visione
l'amore mio era in giardino
metà era vecchio
metà era bambino
l'ultima volta mi aveva detto
se mi ammalo tu mi curi?
e io avevo detto sì
sai smacchiare le giacche?
e io avevo detto un po'

VIVIAN LAMARQUE, *Questa quieta polvere*

Se uso la parola è per pregarti
di ascoltare il mio fondo silenzio.
Non c'è ancora un linguaggio (o s'è dimenticato)
per tradurre ciò che a te ho da dire.
Un pagliaccio batteva su un tamburo.

Era musica d'angeli, secondo il suo cuore.
E non vedeva più nemmeno l'orso
che gli zompava accanto.

MARIA LUISA SPAZIANI, *La stella del libero arbitrio*

I

Avevo sei anni. Ero a Kyoto. Non so perché quel pomeriggio mio padre era nervoso e mi ha incolpato di avere fatto cadere dell'inchiostro su un libro e averlo rovinato. Io il libro non l'avevo proprio toccato. Ma lui ha insistito che ero stata io e che mentivo per non farmi rimproverare. L'accusa mi è sembrata enorme e talmente ingiusta che ho pensato di suicidarmi per provargli che dicevo la verità. Poi ho riflettuto che era stupido morire solo per dimostrare la propria innocenza: l'avrei punito con un dolore bruciante, ma allo stesso tempo avrei impedito a me stessa di crescere e di curiosare sul mondo e sulle cose, il che mi dispiaceva. Allora ho deciso: sarei scappata di casa e non ci sarei tornata mai più.

Non volevo vivere in una famiglia che non credeva alle mie parole e mi accusava ingiustamente. Perfino mia madre, che di solito era conciliante e generosa, si è messa contro di me quando ha visto che avevo le dita sporche di inchiostro. Ma io mi ero macchiata tentando di trascrivere un carattere giapponese su un foglio bianco. Il libro di mio padre non l'avevo né visto né toccato. Credevano alle dita sporche di inchiostro e non alle mie parole, una cosa gravissima per me.

Il mio bellissimo e giovanissimo padre si è accorto che non c'ero quando la mia giovanissima e bellissima madre ha preso a chiamarmi senza risposta. Sono cominciate le ricerche, prima quasi distratte e poi sempre più allarmate. Se in casa non c'ero e nel giardinetto minuscolo non mi si trovava, dove stavo? Che qualcuno mi avesse rapita? Proprio un mese prima era uscita sui giornali la notizia di una bambina della mia età che era sparita, forse portata via, non si sapeva né dove né perché.

Dopo la casa e il giardino, i miei hanno cominciato a cercarmi per strada, nel vasto quartiere dove abitavamo dalle casupole ammucchiate, i tanti caffè al cui ingresso pendevano centinaia di striscioline di stoffa che frullavano e dondolavano a ogni ingresso e i mille negozietti da cui proveniva un profumo di tsukemono e di riso bollito. Ma nessuno aveva visto una bambina bionda di sei anni che camminava da sola per le strade di Kyoto. I miei genitori erano disperati e non hanno fatto che correre da una parte all'altra della città. Non trascurando gli ospedali e i pronto soccorso.

Poi, verso sera, quando si sono ritirati per riposare un momento prima di ricominciare la ricerca, è arrivata una telefonata della polizia municipale: «La bambina è qui, si chiama Dacia? Venite a prenderla». «L'avete trovata? E dove? Sta bene?» «Sta benissimo.» «Dove dobbiamo venire?» «Al distretto di polizia del quartiere di Higashiyama.»

I miei sono accorsi. E appena hanno aperto la porta, mi hanno vista seduta sul tavolo della questura con tutti i poliziotti intorno che si divertivano a sentirmi parlare nell'affrettato dialetto di Kyoto. Raccontavo che in casa non ci stavo bene, che volevo andare via dalla città, che avrei lavorato, e anzi chiedevo che mi prendessero alla polizia, che sarei stata una brava indagatrice.

I miei sono rimasti di stucco, dopo tante ore di apprensione, nel vedermi così allegra e spensierata, seduta con le gambine ciondolanti, i sandaletti di pelle rossiccia coperti di polvere, che chiacchieravo tranquillamente con i poliziotti in cerchio intorno a me.

Mi aspettavo dei terribili rimproveri. Invece mia madre mi ha stretta al petto ripetendo accorata: «Non farlo mai più, non farlo mai più!», e mi bagnava i capelli di lacrime. Mio padre brontolava che ero una testarda e dovevo imparare a non comportarmi come una incosciente. Non gli ho risposto perché non volevo umiliarlo davanti ai poliziotti, ma avrei voluto dirgli che l'incosciente era lui che non aveva creduto alle mie parole sincere ma solo a un indizio accusatore.

Quella notte ho dormito benissimo. Avevo sfogato la mia indignazione per l'ingiustizia subita e sapevo che mio padre non avrebbe più osato incolparmi di cose che non avevo fatto. Avrebbe scandagliato meglio le apparenze e creduto alle mie parole più che agli indizi. Sapevo, ma l'hanno capito anche la mia adorabile Topazia dai grandi occhi azzurri e le labbra coralline e il mio adorato Fosco dagli occhi castani pieni di ironia e grazia, che la mia reazione di fronte ai soprusi sarebbe sempre stata drastica e decisa. Eppure non avevo un cattivo carattere: ero allegra, ben disposta verso gli altri e gentile. Solo quando mi trovavo davanti a una ingiustizia, venivo invasa da una indomabile indignazione che mi portava a forme stravaganti di ribellione, a volte calmissima e determinata, a volte agitata e pronta a reazioni che non riuscivo a frenare.

Mi sono chiesta in seguito se la rivolta contro l'ingiustizia nasca da un sentimento spontaneo, naturale, magari ereditato in famiglia o se venga da una formazione culturale. Sapevo che mia nonna Yoi, la scrittrice mezza inglese e mezza polacca, era stata una donna ribelle, sapevo che mio padre, quando il nonno gli aveva messo in mano la tessera del Fascio perché «Così potrai lavorare», gliela aveva stracciata in faccia e non si erano parlati per dieci anni. Sapevo che mia madre aveva deciso, senza consultarsi con mio padre, che non avrebbe firmato per la Repubblica di Salò, pur certa che l'aspettava il campo di concentramento. Varie forme di ingiustizia a cui nonne, padri, madri hanno reagito con fermezza, confidando sulle proprie convinzioni piuttosto che sui doveri sociali imposti dal momento storico. Erano stati esortati, rimproverati, minacciati, ma nessuno aveva potuto fermarli.

Possiamo considerarla una eredità questo sentimento di rivolta contro le ingiustizie, che filtra per via parentale da cervello a cervello, da cuore a cuore? Oppure si tratta di un istinto che la natura ci mette a disposizione di fronte alle difficoltà della vita? A tutt'oggi non ho una risposta chiara. Incontro persone che sono sensibili ai soprusi e persone che non lo sono. Eppure ho l'impressione che questo senso di ribellione sia più vicino a un istinto che a una costruzione culturale. L'istinto, però, se non viene coltivato, sollecitato, può addormentarsi e andare in letargo.

2

Le domande incalzano oggi come incalzavano allora. Fin da piccola rompevo le scatole agli adulti perché rispondessero alle mie domande insistenti: papà, cos'è la giustizia? Ci sono delle cose che mi sembrano giuste e altre che mi sembrano ingiuste, ma chi decide il giusto e l'ingiusto? E se per alcuni il giusto sta da una parte e per altri il giusto sta da un'altra parte, dove si trova il giusto in assoluto? A questa domanda ne seguiva a rotolo un'altra: ma papà, esiste un giusto in assoluto? E poi ancora: il desiderio di giustizia nasce da un diritto calpestato? O è solo l'orgoglio umiliato che cerca rivincita? Mio padre mi rispondeva quando aveva tempo, in fretta e senza molta pazienza, aveva altro da fare. Mia madre, alle stesse domande, replicava: «Sì, bambina mia, la giustizia esiste e sta dentro di te prima che nelle leggi e nelle regole stabilite». Risposte che mi sembravano vaghe, per cui andavo a cercare altri pareri nei libri, nelle parole dei saggi. Ma spesso anche quelle mi suonavano vaghe e contraddittorie.

Chi crede in un Dio che governa i cieli, mi dicevo, pensa che la giustizia discenda dall'alto e che sia un codice che distingue il buono dal cattivo, il bello dal brutto, dando per scontato che il bello e il buono vinceranno sicuramente alla fine del mondo. Dio padre tiene in mano una bilancia, immaginavo, su cui pesa i peccati e le buone azioni. E da come pende il piatto, stabilisce le punizioni o concede i premi. Il più grande dei quali è quello di volare come un uccello dalle ali d'oro e sedersi accanto a lui, cibandosi di nuvole e di venti. Da quale parte penderà la bilancia?

Chi ha fede pensa che il mondo sia costruito intorno al bene. Dio rappresenta questo bene e quindi non può che applicare la giustizia con equità e senza prevenzioni. Chi crede non ha dubbi: Dio è buono, il cielo è benigno e il fine non può che essere la felicità eterna.

Ma qui mi sembrava di entrare in un ginepraio: da dove viene il male, mi ostinavo a chiedere nelle mie riflessioni bambinesche, se Dio, che rappresenta l'universo, vuole solo il bene? E perché non riesce a vincerlo visto che è onnipotente? Si direbbe che Dio abbia bisogno del male per affermare il bene, concludevo. Ma allora, si potrebbe pensare, è lui stesso che inventa il male come suo antagonista? Ma il male può essere solo un'invenzione immaginaria e non una realtà? Possibile che Dio giochi con i due poli dell'esistenza?

In effetti come si riconoscerebbe il bene se non esistesse il male? Da qui, riflettevo, nasce l'idea della caduta, della tentazione e del libero arbitrio. L'uomo è libero di agire come vuole, sia nel bene sia nel male. Sapendo però che il male sarà punito e il bene premiato. L'etica quindi non mette sullo stesso piano il bene e il male, ma dà al bene un valore che il male non ha. Anzi, ci dice che il giusto comportamento sta nell'accettare la guerra fra bene e male e seguire sempre il bene.

Se invece alla fine non ci fosse un Dio che amministra la giustizia? Questo era l'interrogativo più doloroso. Se l'uomo fosse un prodotto del caso, venuto fuori da una serie di trasformazioni e di combinazioni chimiche di acque, gas, minerali e luci che hanno originato un corpo pensante, casualmente vivente su uno dei pochissimi pianeti in un equilibrio instabile, ma pure miracoloso, fra l'esplosione e la quiete, in una corsa incomprensibile verso non si sa dove?

Se l'uomo, mi dicevo rabbrividendo nel mio kimono a fiori, non fosse altro che una creatura nuda che sogna e immagina un universo a sua misura? Ma non sarà che l'universo, con le sue crudeli implosioni, le sue temperature glaciali o infuocate, la sua mancanza di ossigeno, le sue corse furibonde, i suoi buchi neri, il suo tempo circolare e misterioso, è talmente poco umano da fare pensare che la vita sia un meraviglioso caso, tanto raro da non avere l'uguale fra i miliardi di corpi celesti? Le domande e le ipotesi saltavano su come pulci affamate: in un mondo fortuito, come e quando si sarebbe formato questo sentimento del giusto e dell'errato nel susseguirsi di condizioni naturali che hanno portato dal fondo degli oceani un organismo unicellulare a evolversi in una creatura complessa che si chiama essere umano?

L'etica, insomma, se non viene da un Dio giudice, da dove nasce? E se non esiste una tavola delle leggi, composta dai sacerdoti per i fedeli, da dove sorgerebbe il sentimento del giusto e dell'ingiusto? Si tratta solo di norme che l'uomo si dà per fare sopravvivere il genere umano? Esiste quella che viene chiamata anima, ma che si potrebbe anche chiamare coscienza, capace di sentimenti che riguardano la parità, il rispetto, la sincerità, il saper distinguere il vero dal falso, la capacità di mettersi nei panni dell'altro, la chiarezza, il disinteresse, l'onestà intellettuale? Possiamo dire che esiste qualcosa di sacro e di miracolosamente significante in mezzo a un caos senza significato? Possiamo pensare che ci sia in noi un piccolo giudice che osserva, indaga, paragona, confronta, e decide dove sta il giusto e dove l'ingiusto?

È chiaro che quando l'ingiustizia ci tocca da vicino, siamo più rapidi, pronti a riconoscerla e opporci. Ma quando l'ingiustizia colpisce chi non conosciamo, quando queste persone sono lontane, ci si può aspettare una reazione uguale? Oppure vale il principio del "lontano dagli occhi lontano dal cuore"? Esiste davvero quel piccolo giudice interiore che Friedrich Hegel ha chiamato Coscienza e che Sigmund Freud ha ribattezzato con il severo nome di Super-io?

Questa erano le riflessioni che ho cominciato a pormi quando ero nel campo di concentramento di Nagoya, dove libri non ce n'erano e io mi rivolgevo ai miei genitori come a persone-libro. Domande che ho continuato a proporre ai miei insegnanti una volta tornata in una scuola italiana, condiviso coi miei compagni, e che ho ripetuto imperterrita anche dopo, quando mi sono sposata con Lucio il pittore, convinta che mettere su famiglia, inventare progetti per il futuro sarebbe stato un modo di trovare le risposte. La giustizia non sta prima di tutto nello stabilire un rapporto di armonia affettiva col mondo? L'armonia, se profonda, non contiene in sé la giustizia?

3

Quando ho perso mio figlio, con cui conversavo di notte sotto le coperte e a cui raccontavo del mondo aspettando che nascesse; quando a tradimento quel bambino con cui giocavo segretamente e già tenevo in braccio prima ancora che avesse aperto gli occhi è morto, sono stata sul punto di morire anch'io. Una cosa strana era successa nel mio ventre senza che lo sapessi. Il piccolo, anziché nutrirsi di una placenta che lo avvolgeva protettivamente, a furia di voltarsi e rivoltarsi aveva schiacciato proprio il cuscino che avrebbe dovuto nutrirlo. In medicina si chiama "placenta previa".

Quando, dopo un lungo travaglio e ore di tentativi vani di salvarlo, mi è stato detto che il bambino era morto, il sentimento dell'ingiustizia subita mi è saltato addosso come una onda furiosa e mi ha soffocata. Perché, mi ripetevo ostinata e piangente, perché un bambino delizioso, dai grandi occhi azzurri come la nonna e la madre, il ciuffo castano come il padre, doveva andarsene così presto? Per quale ragione un bambino che già mi parlava, mi prendeva a calci per gioco, rideva se gli facevo il solletico, mugolava di felicità pregustando un futuro in comune, se ne doveva andare così, senza salutare? Perché un utero caldo e accogliente doveva trasformarsi in una tomba gelata?

Tanto ero attaccata a lui che non volevo lasciarlo andare. I medici poi mi hanno detto che mi davano per persa, perché mi rifiutavo di espellere il bambino morto e cacciavo fuori tanto sangue che presto sarei rimasta senza. Loro continuavano a tirare, a trafficare per portarlo al mondo, ma il piccolo si aggrappava al mio ventre e io a lui. Alla fine hanno provato a tagliare la carne, come fa il cacciatore della fiaba per tirare fuori Cappuccetto Rosso dalla pancia del lupo, ma era troppo tardi.

Io tenevo gli occhi chiusi e mi dicevo che se doveva andare via quel piccolo tesoro, che avevo coccolato e accarezzato per mesi, sarei andata via con lui. Se dobbiamo morire, moriamo insieme, diceva il mio corpo e si stringeva a quel bambino che avevo tanto desiderato e tanto amato prima ancora di conoscerlo. Mi hanno salvata, contro la mia volontà, e quello strappo non l'ho mai dimenticato. Un senso di ingiustizia che ha dato linfa e spessore a tutte le altre ingiustizie che ho subìto e che ho visto subire.

È giusto lasciare morire la madre con il figlio? O è giusto cercare di tenerla in vita a tutti i costi? È più umano salvare la madre o il figlio? Adrienne Rich, in quel bellissimo libro che si chiama *Nato di donna*, racconta che il parto in origine era una pratica solo femminile, fatta da "mani di carne", che sono poi state sostituite da "mani di ferro", ovvero dal forcipe. Le tenere ma robuste mani di carne si portavano appresso una sacralità che permetteva alle donne di esprimere un potere prestigioso: il potere di dare la vita che è all'origine di tutte le cose. Ma con l'andare del tempo e con la divisione sempre più astuta e intelligentemente costruita dei compiti, le donne sono state espropriate della sacralità della vita, e confinate nel limbo dell'inconsistenza, lontane dalla vera responsabilità generativa che piano piano è stata attribuita solo all'uomo.

Per sancire questo passaggio, su cui alcuni studiosi vicini all'Illuminismo come John Stuart Mill e Friedrich Engels hanno scritto, si eleva alto e potente il messaggio greco trasportato in scena da Eschilo. Oreste, che ha ucciso la madre adultera, viene inseguito dalle Erinni che difendono i diritti delle madri. Il giovane matricida che corre disperato per mari e monti senza pace, punito per un delitto fino ad allora considerato imperdonabile, chiede ad Apollo, il nuovo dio della democrazia periclea, di istruire un processo per giudicare il suo delitto. Apollo lo accontenta. Ma nel tribunale degli dèi saranno chiamate tutte divinità maschili. La sola figura femminile sarà Atena, che non ha madre né mai l'avrà, essendo nata dalla testa di Zeus, e quindi non conosce né si interessa ai diritti della maternità.

La sentenza di Apollo, che tutti gli dèi approveranno all'unanimità, sarà definitiva per il futuro delle donne: Oreste è innocente perché non ha infierito sul principio della vita, ma ha solo colpito il corpo che conteneva e conservava servilmente il seme del padre, l'unico vero generatore di vita. Con questo argomento che mette a tacere per sempre le Erinni difenditrici del diritto materno (leggendo Eschilo ho sempre pensato che le Erinni che si trasformano in Eumenidi acconsentono un po' troppo facilmente alle sentenze e mi sono chiesta: lo fanno per viltà, per paura, o con saggezza si rimettono al più forte?), il rapporto fra i due sessi cambia in maniera chiara e definitiva. Da allora in avanti l'uomo sarà signore e padrone della continuità della specie. Le donne dovranno sottomettersi e ubbidire.

Le "mani di carne", come scrive Adrienne Rich, saranno sostituite da potenti "mani di ferro", che spesso schiacceranno e deformeranno il cranio del nascituro. Per non parlare dei tanti tagli col bisturi (il cesareo) praticati a sproposito, per interessi che riguardano il sistema sanitario e la comodità dei medici, dimenticando completamente gli interessi delle partorienti e le lontane sapienti “mani di carne”. L’Italia, aggiungo io, è il Paese d’Europa che pratica più parti cesarei, e questo, a meno di non credere che le donne italiane siano in maggioranza portatrici di nascituri difficili, accartocciati nel loro ventre in maniera assurda e irrisolvibile, fa pensare a una pratica inutile e dannosa, non solo per il corpo delle donne, ma anche per il bilancio della sanità.

4

In collegio a Firenze ho cominciato a soffrire d'insonnia. La notte, spesso, guardando il crocifisso che pendeva freddo e inerte sulla testata del letto, mi interrogavo a lungo: curioso che il corpo delle donne sia l'oggetto di tante interpretazioni e letture diverse. Nella Bibbia, che stavo leggendo, Dio padre, dopo avere creato l'uomo impastando la terra e dopo avere creato tutti gli animali e le piante, si rende conto che il primo uomo è solo, e decide di tirare fuori da una sua costola una sua simile: Eva. I due primi esseri umani si trovano nudi davanti a Dio in un bellissimo giardino ricco di fiori, di frutti e di animali di cui possono godere. Dio però li avverte: Mangiate tutto quello che volete, avete animali e piante a vostra disposizione, solo dei frutti di questo albero che sta al centro del parco non dovete cibarvi, altrimenti sarete castigati.

Come in molte favole antiche, la proibizione accresce la curiosità. Ma perché, mi chiedevo, Dio non spiega alle sue creature appena modellate in cosa consista il pericolo di quell'albero che tende verso di loro i suoi frutti voluttuosi? E perché, vedendo un serpente che si arrotola attorno al tronco e prende a parlare con i giovani e ignari esseri umani, non lo caccia via? Non sarà che il Dio generoso li sta mettendo di fronte al primo dono sublime? Non li starà forse provando con la proposta del libero arbitrio?

Adamo ed Eva potevano davvero scegliere fra l'ordine di Dio e la tentazione del serpente? Certo che potevano, infatti Adamo resiste al male, mentre Eva cede e addenta la mela proibita. Ma cosa conteneva di così terribile quella mela succosa? Dio non lo dice. In compenso lo dice il serpente: Se mangerete il frutto di quell'albero, si apriranno i vostri occhi e diverrete come Dio, acquisirete la conoscenza del male e del bene.

Dobbiamo pensare che Dio voleva solo metterli alla prova di fronte a un suo ordine, oppure veramente vedeva nell'albero della conoscenza qualcosa che avrebbe cambiato il suo rapporto con gli esseri umani, precipitandoli, attraverso la consapevolezza, in un mondo fatto di dolori e di guerre? Forse quel silenzio nascondeva il suo desiderio che gli uomini, appena creati, vivessero liberi e sereni nel suo giardino incantato, lontani da malattie, battaglie e sofferenze per il resto del tempo, accanto a lui: sarebbe questo il dono di un Padre premuroso?

E il gesto di Eva, sussurravo a quel Cristo di ferro, è da considerarsi un atto di libertà o di disubbidienza insolente? Perché il serpente tenta la donna prima dell'uomo? Forse perché, nella sua diabolica intelligenza, intuiva che era più propensa alla conoscenza? O perché semplicemente la considerava una creatura debole, portata alla curiosità incosciente e alla trasgressione? E da dove viene fuori il serpente tentatore? mi scervellavo. Dunque nel paradiso terreste, dove non si conosceva il male, una insidia c'era già: la tentazione maligna si faceva strada attraverso una creatura strisciante e malvagia.

Comunque, riflettevo, sarà proprio Eva a cogliere al volo la possibilità di capire e speculare, e questo certamente le getta addosso una grande responsabilità storica, che la Chiesa non le ha mai perdonato. Il suo gesto infatti porterà alla perdita dell'innocenza, mettendo tutti gli esseri umani che verranno dopo di lei nei guai: odio, avidità, invidia, ira, vendetta, gelosia, competizione, guerre. Ecco le conseguenze della sua scelta perversa: la colpevole è Eva. Infatti per le donne ci sarà una condanna supplementare: Tu, dice l'angelo, partorirai con dolore.

Per questo, scrive Adrienne Rich, le donne hanno sempre pensato che il parto non poteva non costituire un pericolo di vita e un momento di atroci dolori. Era la punizione di Dio per aver voluto mordere la mela della conoscenza. Ma perché la conoscenza era così pericolosa? Mi rivoltavo nel letto cercando una risposta che non arrivava. Perché quel fatidico morso avrebbe reso l'uomo autonomo dal cielo? La conoscenza del male, che è ambiguo, contraddittorio, difficile da capire, si oppone forse a una visone idillica e perfetta del bene? Non sarà che il bene è immobile, incolore e inodore nella sua perfezione e il male ha la vitalità e la forza del moto e del rischio?

La Chiesa, smentendo le parole di quel Cristo che improvvisamente mi sembrava ascoltasse le mie domande, elabora dall'inizio un atteggiamento di disprezzo e di condanna nei riguardi delle donne, non più basato sulla natura, come sostiene Apollo nel famoso processo in favore di Oreste, ma sulla responsabilità femminile. Il che da una parte concede una qualche forma di libertà alla donna: la libertà di una scelta. Ma dall'altra le attribuisce una colpa grave che non può non essere punita dal Dio di giustizia. Ne dobbiamo dedurre, dicono i santi Padri, che la perdita della felicità, la condanna alla fatica, al dolore e alla morte, viene da Eva.

È su questo assunto che la Chiesa ha colpevolizzato le donne, costringendole per secoli a uno stato di inferiorità? Perfino all'interno delle organizzazioni ecclesiastiche, perfino fra le donne che, a imitazione di Maria, sono rimaste vergini, pur sposandosi simbolicamente con Cristo, sono state condannate alla servitù. Tutt'oggi le consacrate subiscono una discriminazione dolorosa: il consacrato ha il diritto di voto e di rappresentanza e la consacrata non ha nessun diritto, nemmeno quello semplice di decidere chi dovrà comandarla. "La donna impari in silenzio, in piena sottomissione": segno che le parole di san Paolo contano ancora più di quelle di Cristo.

"In tutta la mitologia patriarcale, nel simbolismo dei sogni, nella teologia, nel linguaggio, corrono due idee parallele" scrive Adrienne Rich. "Una che il corpo della donna sia impuro, corrotto, sede di secrezioni, emorragie, una minaccia alla mascolinità, una fonte di contaminazione morale e fisica, 'i cancelli dell'inferno'. D'altra parte, in quanto madre, la donna è considerata elargitrice, sacra e pura, asessuata, fonte di vita, e questo potenziale fisico di maternità – quello stesso corpo con le sue emorragie e i suoi misteri – è il suo unico destino e ragione di essere. Queste due idee si sono profondamente radicate nelle donne, anche nelle più indipendenti, quelle che sembrano condurre le vite più libere."

Da qui anche il racconto, coltivato dalla grande tradizione letteraria, pittorica, poetica, della divisione femminile: che però non si trova dentro il corpo di ogni donna, ma si riconosce nella separazione fra donne del male e donne del bene. Da una parte le diaboliche, le seduttrici, le portatrici di disordine e regressione, donne che vanno disprezzate e punite (vedi Clitennestra, vedi Medea nel mondo classico e per l'oggi vedi *La lupa* di Verga e *La figlia di Iorio* di D'Annunzio, tanto per citare le più conosciute); dall'altra parte le donne sacre, prima di tutto le madri sacrificali, le sorelle segregate, le figlie sorvegliate nella loro verginità e purezza. Le une non possono mescolarsi alle altre.

La divisione, mi dicevo, non finisce per creare un sistema di terrorismo moralistico che divide le donne e le tiene in soggezione? Il fatto che noi donne introiettiamo i valori patriarcali non è una conseguenza prevedibile? È stata per troppi secoli l'unica condizione per sopravvivere: o ti adegui o sei condannata e ostracizzata. Sei nata donna? Devi stare al tuo posto! Il mondo è fatto per gli uomini e tu sei qualcosa di inquietante, di pericoloso, di minaccioso che dobbiamo controllare ed esorcizzare.

"Se gli uomini potessero vedere quello che si nasconde sotto la loro pelle, la vista delle donne causerebbe solo il vomito. Se rifiutiamo di toccare lo sterco anche con la punta delle dita, come possiamo desiderare di abbracciare una donna, creatura di sterco?" Queste parole estreme non le ha pronunciate un piccolo fanatico servitore della Chiesa, ma il saggio e stimato abate Oddone di Cluny, venerato come santo dalla Chiesa, primo fra gli artefici della riforma cluniacense che ha ricomposto e rifondato i monasteri in tutto il mondo. Il privilegio papale gli diede il potere di unire molte abbazie sotto la sua supervisione e di ricevere a Cluny i monaci di altri conventi benedettini non ancora riformati, diventando il modello di monachesimo per i successivi secoli.

"La maternità, così come è concepita dal patriarcato, non è la condizione umana più di quanto lo sia la violenza carnale, la prostituzione e la schiavitù." Parole della Rich che assomigliano molto alle altrettanto chiare parole di Simone de Beauvoir: "Donne non si nasce ma si diventa". Non è il segno che siamo figlie e figli della cultura e della storia? La natura evidentemente c'è e influisce, ma la nostra consapevolezza di quello che siamo e le azioni che ne conseguono sono condizionate, e anche con molta forza, dalla storia che deforma, interpreta, altera la natura secondo le ideologie del momento. Ecco che si aprivano dei piccoli varchi di luce nell'oscurità del racconto storico.

Insomma, la conclusione, realizzavo, era che la storia delle donne è fatta di reclusioni ed esclusioni. E che forse, nella condizione di recluse ed escluse, le donne avevano trovato la forza di sublimare, ovvero di reprimere la naturale aggressività. Capaci di sublimare, quindi, sono diventate più educate degli uomini, non più dotte, ma più educate all'attenzione verso l'altro, alla cura dei più deboli, alla difesa dei sentimenti. È questa la forza della sublimazione?

La prova la possiamo trovare nei luoghi di reclusione: il convento, il manicomio, dove spesso le donne venivano segregate contro la propria volontà. Un bel libro di Annacarla Valeriano, che ha studiato a lungo le cartelle cliniche delle donne internate nel manicomio di Teramo, ci racconta perfettamente quello che Foucault sosteneva, ovvero che sono le istituzioni punitive a creare le malattie e le devianze, non viceversa.

C'è voluto un uomo illuminato e sensibile per capire che la malattia mentale era un'etichetta facile da attribuire a chi non stava al gioco. Un uomo che si è battuto per chiudere tutti i manicomi, pure e semplici prigioni. La malattia mentale è una malattia come le altre e va curata in ospedale e in casa. E i malati lasciati liberi non sono più pericolosi di coloro che sono considerati "normali". Per questo non finiremo mai di ringraziare Franco Basaglia. I delitti vengono compiuti – basta leggere la cronaca – da persone "normali" e socialmente accettabili fino a un minuto prima. Per questo ripetiamo che è pericoloso far circolare più armi e più munizioni, come avviene in America.

5

Di libri sulle donne rinchiuse per comodità nei manicomi ne sono stati scritti molti. Sono storie strazianti, e di solito riguardano donne semplici, poco istruite e soprattutto povere, che trasgredivano ai loro cosiddetti "doveri famigliari": non cucinavano per il marito, amoreggiavano fuori dal matrimonio, o non si occupavano con sufficiente abnegazione dei figli. Bastava che il marito o il padre o il fratello le prendesse per mano e le conducesse in manicomio, dove medici spesso compiacenti le accusavano di isteria e le rinchiudevano a vita. Trattate come incapaci di intendere e di volere, la loro parola, i loro desideri, le loro proteste erano interpretati come una conferma della loro malattia mentale. A volte venivano addirittura lobotomizzate. Se appena alzavano la voce, potevano restare legate ai letti per mesi, oppure costrette in camicie di forza che impedivano loro qualsiasi movimento.

Qualcuno sostiene che, nonostante la grande rivoluzione di Basaglia che ha fatto chiudere i manicomi, ancora oggi, per quanto siano stati aboliti gli elettroshock e le camicie di forza, i sistemi di cura siano rimasti più o meno gli stessi, passando dalle camicie di forza a farmaci potenti che riducono la persona a una larva. In parte è vero, ma chi ha conosciuto e visitato i manicomi prima della legge Basaglia sa che il cambiamento è stato enorme. Anche se i trattamenti a volte rimangono costrittivi, e i manicomi prigione tendono a ricomporsi, il rifiuto della identificazione fra malattia mentale e disordine sociale da reprimere e castigare resta una conquista positiva.

Per quanto riguarda le donne, comunque, troppo spesso le anomalie del comportamento sono state e sono ancora etichettate come malattia mentale, confondendo il giudizio morale con quello clinico. Famoso il caso di Camille Claudel, figlia di una famiglia molto cattolica e severa, sorella di un grande letterato poi diventato ambasciatore per la Francia negli Stati Uniti. Camille è allieva di August Rodin, di cui diventa anche la compagna. I due vivono insieme ma da adulteri, perché lui non si separerà mai dalla moglie. Camille è una brava scultrice, ma ogni volta che manda i suoi lavori alla Esposizione internazionale d'arte figurativa, viene respinta perché donna. Le donne infatti non erano ammesse nelle esibizioni internazionali.

Un giorno Camille spacca tutti i suoi lavori e si mette a inveire pubblicamente contro i critici d'arte, contro i giudici delle esibizioni, contro il mondo maschile. La famiglia, bigotta e terrorizzata dallo scandalo, la fa chiudere in manicomio, da dove non uscirà mai più. Le sue lettere dalla casa di reclusione sono bellissime e strazianti. Si capisce che non aveva niente di malato nella testa la povera Camille, era solo esasperazione la sua.

Aveva protestato rumorosamente, Camille, così la severissima madre dal rigore militaresco, Louise Athanaïse Cécile Amélie Cerveaux, e il fratello Paul Claudel, che non vuole compromettere la carriera di diplomatico, fanno in modo di tenerla rinchiusa per sempre. Solo Rodin la aiuterà e la andrà a trovare, elogiando le sue sculture. Ma neanche lui riuscirà a farla uscire dal manicomio dove la giovane Camille pativa la fame e il freddo oltre all'umiliazione di essere considerata incapace di intendere e di volere. Al suo dolore aveva contribuito anche la costrizione a un aborto non voluto, quando era rimasta incinta di Rodin.

"La maternità – che non viene mai nominata nelle storie di conquiste, di servitù, di guerre e di trattati, di esplorazioni e di imperialismo – ha una sua storia, una sua ideologia ed è più fondamentale del tribalismo o del nazionalismo" scrive Adrienne Rich. Io aggiungo che la maternità comporta un invisibile, a volte non nominato ma decisivo potere per qualsiasi governo, e qualsiasi amministrazione con privilegio di decisione. Il potere sulla vita spesso è gemellato con quello sulla morte. Ogni governo, che sia religioso o laico, cerca di appropriarsi dei due maggiori poteri sui sudditi e sui cittadini: il potere sulla morte, che consiste nel decidere e guidare le guerre, gli eserciti, la giustizia, le prigioni, spesso anche la tortura e il dominio sulla vita, che passa per il ventre delle donne. Da qui il bisogno di controllare il comportamento sessuale femminile, che diventa strumento di divieti, tabù, interdizioni. La verginità, la fedeltà, l'ubbidienza, la servilità, il completo asservimento alle leggi dei Padri sono necessari per la applicazione dell'etica tradizionale.

Basti pensare alla penosa storia dell'aborto. In molti Paesi come il nostro, cattolici da secoli, era proibito abortire – in Italia fino al 1978 – ma non si dava alle donne nessun mezzo per prevenire le gravidanze. I metodi contraccettivi non potevano essere né diffusi né venduti né prescritti da un medico. A questo punto è chiaro che, non potendo agire prima, chi rimaneva incinta (ricordiamo simbolicamente la bella e innocente Margherita di Goethe, sedotta e ingravidata e poi abbandonata da Faust, la quale finisce suicida dopo avere ucciso il figlio per disperazione) era costretta ad agire dopo, praticando l'aborto, che è certamente una azione violenta sia contro il corpo delle donne sia contro un progetto di vita nascente.

Il risultato: una quantità enorme di aborti clandestini che arricchivano i medici e impoverivano e mettevano a rischio la vita delle donne. Appena votata la legge sulla legalizzazione dell'aborto, gli interventi sono diminuiti dell'ottanta per cento. Nessuna donna ama abortire. Ma se non conosce alternative, se le viene suggerito che quello è il solo modo di controllare la sua fertilità, si affiderà all'aborto, anche se penoso e mortificante e certamente pericoloso. L'alternativa sta nella conoscenza diffusa e articolata dei sistemi di prevenzione, nella pratica della maternità responsabile.

6

Per quanto abbia partecipato alle campagne per la legalizzazione dell'aborto, per quanto mi sia autodenunciata pubblicamente per smuovere le acque, il caso del mio aborto non aveva niente a che vedere con lo sbarazzarsi di un figlio non voluto. Al contrario, io l'avevo tanto voluto quel figlio che la sua perdita è stata una mutilazione. Ho cercato di tenerlo accettando mesi e mesi di forzata inerzia. Mi era permessa solo la piscina oltre al letto. Ma la piscina era lontana e finivo per restare distesa a leggere. Quanti libri ho macinato in quei mesi di letto! Era la sola gioia in quella inazione forzata. La sola distrazione, la sola vera felicità in tanto sconforto.

«Eppure si muove» diceva la infermiera durante le visite in ospedale appoggiando sul mio ventre teso una specie di apparecchietto di legno che una volta usavano i sordi. Si muoveva, infatti, dava calci, saltava come un ballerino il mio piccolo figlio non nato, cadeva, ma non si lamentava mai, rideva e ricominciava. «Si agita, fa il diavolo a quattro» insisteva la infermiera che poi era una suora dalla faccia tonda e gli occhi buoni, «speriamo che continui, è segno che vive, nonostante il tanto sangue che le fa perdere.» In quel sangue c'era il nutrimento che se ne andava lasciandolo solo, nudo e affamato.

Un giorno non ho sentito più il ballerino, non ho avvertito i suoi sospiri divertiti, ho perso la sua voce silenziosa, i suoi piedini che premevano facendomi venire la nausea hanno smesso di scalciare. Sono corsa in ospedale, dove la suora dalla faccia tonda ha appoggiato il suo cornetto acustico di legno scuro sulla mia pancia, ha corrugato le sopracciglia e ha detto che c'era qualcosa che non andava. «Bisogna chiamare subito il medico» ha dichiarato allarmata. Ma il medico non c'era e non arrivava. Aspettiamo. La suora ogni mezz'ora veniva col suo cornetto ad ascoltare la mia pancia e scuoteva la testa preoccupata. «Bisogna intervenire al più presto» ripeteva, ma il medico non arrivava.

Quando finalmente il medico è rientrato in ospedale, il bambino era già morto. Ma per me no, non era morto e continuava a scalciare nonostante avessi smesso di sentire i colpi contro la carne. Era un maschio, l'avevo intuito chissà perché, ma ne ho avuto la certezza quando l'hanno estratto dal mio ventre: era un bambino già formato e ben fatto, nonostante i suoi sette mesi. A quel bambino, con cui mi ero abituata a parlare in un linguaggio tutto nostro e segreto, ho continuato a rivolgermi con dolcezza per non lasciarmi andare alla inerzia della disperazione.

«Dove sei?» chiedevo a fior di labbra, mentre il mio respiro si faceva pesante e lento. «Delira!» ho sentito che diceva la suora. Ma io non deliravo, parlavo con la piccola creatura che se ne stava andando. «Dove vai, amore mio? Aspetta un momento, che vengo con te, dammi la mano, che ti tengo stretto, non voglio che te ne vai lontano da me, dammi la mano, aspetta!»

Allungavo il braccio per acchiappare la sua manina e mi pareva di stare dentro un quadro di Chagall che avevo molto amato: un corpo allampanato, accanto a un asino dal muso dolce e lunare, tende le dita verso un altro corpo lungo e morbido che se ne sta volando via. Il corpicino nudo del mio amore stava facendo la stessa cosa: stava uscendo dal quadro e io allungavo il braccio per trattenerlo. «Aspetta, afferra questa mano, stringi le mie dita, non te ne andare!» Intanto l'asino ragliava mettendosi a volare pure lui dentro un arcobaleno dai colori sgargianti.

Il mio amoretto non assomigliava ai putti che si trovano nei quadri devoti dove gli angeli sono grassottelli, riccioluti e muniti di ali da farfalla. Era minuscolo, scuro, peloso e non riusciva ad aprire gli occhi. Aveva la bocca spalancata per urlare il suo dolore, ma la voce non usciva. Assomigliava più a una scimmietta arrabbiata che a un bambino. Riusciva solo ad agitare due piedini rosei e paffuti che scalciavano contro l'aria. Mi senti, amore mio?

«Delira la signora.» Questa volta era una voce maschile, e dentro di me compiangevo la sua goffaggine. Io non deliro, signori, io parlo con chi mi conosce e mi ama, con chi è ancora, nonostante tutto, carne della mia carne. «Farnetica» insisteva la suora e mi prendeva il polso per vedere quanto galoppasse il mio cuore di madre sbilenca. E invece io non farneticavo affatto. E non intendevo smettere di rivolgermi, con voce amorosa e straziata, a quel corpicino che presto avrebbero buttato nella pattumiera.

«Non si fa il funerale a un aborto, anche se di sette mesi» ho sentito che dicevano. Ma a me non importava del funerale. Io sapevo che quel bambino peloso dalle manine aperte, le unghie rosee, sarebbe rimasto con me nonostante la morte, la pattumiera, i chirurghi, le suore. Era un tesoro che avrei nascosto per sempre e con cui avrei continuato il mio dialogo segreto nel linguaggio che solo noi due conoscevamo, con la confidenza assoluta che solo noi praticavamo, con l'amore delicato e profondo che solo noi ci scambiavamo.

7

Come si chiama questo tuo bambino fantasma? Non lo so. Devi dargli un nome. Lo chiamerò Perduto perché oggettivamente l'ho perso ma penso che lo ritroverò. Perduto o Trovato? Lo chiamerò Perduto anche se so che lo ritroverò, sono sempre in tempo a cambiargli nome. La sua perdizione comunque ha radici lunghe e salienti che germogliano nel mio fertile cervello di madre vedova. Mi senti, Perdutello innamoratello? Ho chiuso gli occhi e l'ho visto che scuoteva la testa divertito.

Ha smesso di scalciare all'aria, ha spalancato gli occhi e mi ha guardata per la prima volta, non come si guarda a una cara parete di casa, ma come si osserva una persona che ti parla amorosamente. Le sue pupille si sono fatte larghe e scure e intense e la sua bocca pronta a gridare si è chiusa in un mezzo sorriso consenziente. Eravamo di nuovo insieme in quel mondo fantastico che sta sotto le beghe della realtà. Un mondo fatto di deliranti piaceri e invenzioni propizie. Non te ne andare, lo supplicavo, e lui, dopo molte incertezze, mi ha teso la mano, quella mano dalle unghie trasparenti, rosate, ancora odorose di placenta.

Cerco di raccontargli cosa significhi "maternità". Mi ascolta. So che è un bambino intelligente e desideroso di capire. Mi senti, Perdu? La maternità non è solo un fatto naturale. È un modo di stare al mondo. È un valore che cambia secondo i secoli, le condizioni di vita. Una volta esaltato, e onorato, altre volte disprezzato e controllato come si fa con le mucche, curate perché partoriscano dei buoni vitelli. In certe popolazioni, come gli Arapesh – l'ha raccontato bene Margaret Mead – gli uomini si dimostrano tanto teneri e premurosi nei confronti dei neonati quanto le donne. In altre il compito di occuparsene tocca solo alle donne.

Questo dimostra che la distribuzione dei compiti è un fatto culturale, non naturale, mi segui?

«Ma c'è mai stato questo favoloso regno delle Madri?» mi chiede lui, Perdu, il mio bambino fantasma, anche se questo avverrà molto dopo, quando sarà cresciuto e avrà cominciato a ragionare. «Sì, molti ci hanno creduto, e non solo donne, ma anche uomini di pensiero come Johann Bachofen col suo *Diritto Materno* o Bronisław Malinowski, che hanno sostenuto l'esistenza di un matriarcato che ha preceduto il regno dei Padri. Le donne nei tempi lontanissimi conoscevano il segreto della sacralità della nascita e quindi avevano il governo delle loro genti.

Poi, col fatto che erano impedite dalle continue gravidanze e non riuscivano a partecipare in pieno alla vita sociale – questo teorizzano alcuni storici – hanno perso terreno, soprattutto nel momento in cui da una civiltà di nomadi e raccoglitori si è passati a una di coltivatori, e la proprietà è diventata importante. Quando la discendenza e la eredità venivano sempre più assicurate da legami di sangue. A questo punto gli uomini hanno preso la preminenza e hanno deciso che le donne non solo erano proprietà privata ma dovevano lavorare gratuitamente, sottostare alle loro voglie e agire secondo le idee e gli interessi della comunità dei Padri.

"In realtà, tutta l'educazione della donna congiura per sbarrarle la strada della ribellione e dell'avventura. Tutta la società – a cominciare dai rispettati genitori – la inganna esaltando l'alto valore dell'amore, della devozione, del dono di sé, nascondendole che né l'amante né il marito né i figli saranno disposti a sopportarne l'ingombrante peso. Essa accetta allegramente questa menzogna perché la invitano a seguire la china facile della felicità e questo è il peggior delitto che si commette contro di lei", scrive Simone de Beauvoir nel *Secondo sesso*, "fin dall'infanzia e durante tutta la sua vita si fa il possibile per rovinarla, per corromperla indicandole come una sua vocazione questa rinuncia che tenta ogni esistente angosciato della propria libertà."

Non è curioso che Simone parli di corruzione? Non sarà che proprio questa parola ci mette davanti a una grande novità? Ciò che fino ad allora era considerata una giusta morale educativa diventa, per chi guarda le cose da un altro angolo visuale, una forma di corruzione. "Le ragazze fin dalla prima infanzia vengono traviate" – capisci il pensiero rovesciato, Perdu mio? – "ovvero allontanate dalla verità del proprio essere, con la promessa di una felicità domestica futura, purché si adattino alla servitù e all'ubbidienza, alla rinuncia di ogni forma di autonomia mentale e psicologica." La rinuncia, però, per essere perfetta, deve essere vissuta come parte di un destino inalienabile, deve diventare spontanea e istintiva, ovvero una prigione in cui ci si chiude volentieri e per sempre. Una vera corruzione.

Pillola amara, che viene però indorata e addolcita da strati di zucchero. A far questo ci pensano gli educatori, sia quelli religiosi sia quelli laici, le scuole, le mamme, le famiglie che promettono serenità, felicità e amore, chiedendo in cambio passività e servizio. "La morale comune assicurerà che la sottomissione, il disprezzo di sé fanno parte della sua natura e non c'è niente da cambiare, perché la natura è immodificabile." Si tratta di un destino carnale, quindi, non storico ma biologico. E le verrà inchiodata nella testa l'idea che se si sottrarrà al suo destino naturale si metterà contro le leggi di Dio e contro la morale pubblica, ma anche contro il meglio di se stessa: come potrà sopportare di guardarsi allo specchio se avrà infranto le regole che tutti le indicano come assolute e immutabili, regole che stanno alla base del principio del bene e del male?

È grottesco e pericoloso ribellarsi al proprio destino sessuale: capisci, Perdu, cosa mettono in testa alle bambine? Non c'è niente da fare piccola mia, sei nata femmina, e se vuoi essere accettata, se vuoi essere rispettata, se vuoi essere amata, devi acconsentire alla tua sorte, riconoscere la superiorità dell'altro sesso e cercare di adeguarti a quel calco che è stato amorosamente costruito per te, bambina mia. Vuoi mettere la gioia di aderire al cosmo? Se amerai la tua prigione, sarai veramente compiuta nella tua sorte, Dio ti benedirà dall'alto dei cieli e, quando morirai, andrai in paradiso assieme alle tue sorelle più ubbidienti e fortunate.

"Se si spinge un bambino alla pigrizia facendolo divertire tutto il giorno senza dargli l'occasione di studiare, senza mostrargliene l'utilità, non si potrà dire, quando ha raggiunto l'età adulta, che egli ha scelto di essere un ignorante e incapace: è così che si educa la donna, senza mai insegnarle la necessità di assumere essa stessa la propria esistenza; lei si lascia trascinare volentieri a contare sulla protezione, l'amore, l'aiuto, la direzione altrui; si lascia affascinare dalla speranza di poter realizzare il proprio essere senza fare niente." Sono sempre parole di Simone de Beauvoir, non ti sembrano logiche ancora attuali? Naturalmente quel "fare niente" non riguarda una inerzia manuale: le donne hanno sempre lavorato in casa e nella vita privata, ma riguarda in modo simbolico la loro inconsistenza sociale. Il lavoro femminile è un lavoro ripetitivo che si replica sempre uguale, non sarà mai produttivo e creativo come quello che nasce dalle qualità e dai talenti di un uomo.

8

La cronaca racconta che molte donne sono tentate dall'idea di essere protette, salvaguardate dai pericoli, e quindi liberate da molte responsabilità. Ma il prezzo che pagheranno sarà grande: dovranno rinunciare per sempre a decidere della propria vita e del proprio futuro, dovranno accettare di stare alle dipendenze di qualcun altro, come eterne malate. Finiranno per assomigliare a quelle cinesi che si facevano fasciare i piedi in modo che non crescessero, tanto da non potere più camminare. Era un segno di nobiltà, perché certo le contadine non potevano permettersi di stare sempre in poltrona e non zappare la terra. Era un segno di distinzione suprema.

Le più nobili e più "fortunate", coi piedi deturpati e ridotti a monconi di carne accartocciata, dovevano sempre avere qualcuno che le sorreggesse, che le sistemasse su una lettiga, che le portasse di qua e di là. Certo non era loro chiesto di fare fatiche, tipo salire una scala, correre dietro a un bambino, mettere a posto la casa. In compenso si privavano per tutta la vita di ogni autonomia di motilità.

Se ti vuoi divertire, Perdu, ascolta questi grandi letterati che parlano di donne. "Quando i lumi sono spenti tutte le donne sono uguali" scrive Plutarco nelle *Opere morali.* "Alle donne si conviene il silenzio" dice Sofocle nell'*Aiace.* "La donna fu il secondo errore di Dio": Friedrich Nietzsche nell'*Anticristo.* "La natura ha dato alla donna un tale potere che la legge ha giustamente deciso di dargliene poco": parole di Samuel Johnson in *Letters.* "La donna è come la castagna: bella de fora e drento ha la magagna" motteggia Gioachino Belli nei *Sonetti.* Honoré de Balzac a sua volta scriveva che le donne vanno trattate come schiave persuadendole però di essere delle regine.

Non ti viene da ridere? Ma questi parlavano sul serio. La lista è lunga, e te ne voglio citare solo qualcun altro: "Come può un uomo amare un essere che, a dispetto di lui, vuol anche pensare? Una donna che pensa è altrettanto ripugnante di un uomo che si imbelletta": Ephraim Lessing in *Emilia Galotti.* "Le anime delle donne sono così piccole che alcuni credono che non ce l'abbiano nemmeno": Samuel Butler in *Miscellaneous Thoughts.* "Nelle donne tutto è cuore, perfino la testa": Jean Paul. "Queste donne! Una comincia e le altre seguono come le oche... L'originale fra loro è quella che per la prima volta imita gli uomini": Italo Svevo in *Una vita.* "Una donna è sempre e soltanto una donna, mentre un sigaro è una bella fumata": Rudyard Kipling in *The Betrothed.* "Mi sono sempre stupito che si permettesse alle donne di entrare nelle chiese. Che conversazione possono mai avere con Dio?": Charles Baudelaire in *Il mio cuore messo a nudo.*

Non è strano, Perdu, che questi grandissimi scrittori abbiano coltivato pensieri così piccini quando si trattava di donne? La loro grandezza non ne soffre. Li amiamo comunque, ma non possiamo fare a meno di riflettere su come la misoginia sia un sottile veleno che scorre nel sangue anche dei più nobili, e che racconta soprattutto della naturalezza e della profondità di una tradizione culturale.

9

Le antiche religioni hanno molto insistito, fino a diventare ossessive, sulla pratica della fertilità. Mi senti, Perdu, bambino mio? Ti devo raccontare queste storie che costituiscono le nostre radici, le tue oltre che le mie, mi ascolti? Una volta, nei tempi lontanissimi chiamati paleolitici, le donne venivano raffigurate sulle pareti delle grotte con tanti seni, una pancia prominente, le gambe corte e arcuate per reggere con forza il peso della gravidanza.

Alle volte le divinità femminili che proteggevano e incoraggiavano la nascita erano anche buone accompagnatrici della donna nel momento della morte, e spesso anche della rinascita, per quei popoli che credevano nella metempsicosi, ovvero nel cerchio nascita, vita, morte, rinascita, vita e morte, fino al compimento di un ciclo che durava secoli.

Come la dea azteca Coatlicue, che presiedeva alla nascita dei bambini, ma la cui grandezza derivava dall'avere sgravato sia la luna sia le stelle in una notte che da buia si era fatta luminosa. Ti immagini una giovane contadina che partorisce la luna e le stelle e improvvisamente il cielo notturno si fa luminoso e bello? Anche la nostra Madonna qualche volta viene rappresentata in bilico su una mezza luna, come se l'avesse partorita lei, mentre le stelle, piccole creature di luce, le contornano la testa.

Ma c'era anche la dea celtica Brigid, a cui i devoti irlandesi si rivolgevano perché desse fertilità al ventre femminile e terra in abbondanza per il nutrimento della prole. Anche i Galli avevano una dea, chiamata Damona, da cui si diceva che nascessero tutte le cose, non solo gli esseri umani, ma anche gli alberi e gli animali.

Molto simile era la dea pelasgica Eurinome che, come racconta Robert Graves, ballando nel cosmo avrebbe prodotto il vento Borea, che poi si sarebbe trasformato nel serpente Ofione, con cui la dea si sarebbe accoppiata trasformandosi a sua volta in una immensa colomba bianca, che avrebbe deposto un immenso uovo bianco chiamato cosmo, covato con amore dalla dea del vento. Finché un giorno l'immenso uovo si sarebbe aperto mostrando un meraviglioso mondo fatto di acque correnti, di terre verdissime, di foreste estese e di tanti e diversissimi animali, fra cui l'uomo.

La leggenda raccontata da Graves continua però spiegando che Ofione si vantava in giro per l'universo di avere costruito quel grande uovo tutto da solo, e che la dea madre era solo una che passava da quelle parti senza sapere nulla. Quando Eurinome sentì le sue parole, si infuriò e lo cacciò, facendolo rotolare via nel vuoto del cosmo. Non ti sembra una fiaba strana? Segno che il potere di dare la vita era considerato anticamente una cosa che apparteneva alle donne.

Come vedi, Perdu, nella parata degli dèi, anche i più antichi, non mancava mai la divinità femminile che tutelava la maternità e il parto. Spesso era ritratta come sposa fedele. Altre volte come un corpo seducente sempre in cerca di un pene da possedere e di cui godere, per poi mettere al mondo un bellissimo e rotondo bambino pronto a prendere le armi o una robusta bambina veloce nel correre per foreste, accoppiandosi a suo piacere e figliando quando voleva per la continuità della specie. L'eros non poteva essere separato dalla maternità, chiaro, no? Nonostante le regole e i tabù, il corpo femminile veniva onorato per la sua capacità straordinaria di dare alla luce la luna e le stelle, come faceva la dea azteca Coatlicue, oltre al bimbo raggomitolato dagli occhi ancora ciechi e dal cervello addormentato.

E poi c'erano gli Etruschi, Perdu: ti ricordi che siamo andati al Museo di Villa Giulia e tu sei rimasto incantato davanti a quelle tombe di pietra sopra cui stavano seduti un uomo e una donna intenti a bere e ridere allegramente? Gli Etruschi, che certamente erano il meno misogino fra i popoli antichi, offrivano doni alla dea Turan che curava l'amore come fosse un albero di mele, perché dall'amore nascono i figli, come dai rami nascono i frutti.

Perfino i Romani, più attenti alla guerra che ai misteri della maternità, non dimenticavano di dedicare un periodo dell'anno alle feste erotiche delle Cotittie, di origini tracie, per onorare Proserpina, che faceva gonfiare le pance e profumare i fiori. Accanto a lei spesso appariva la dea Opi, a cui si chiedeva la grazia di una gran quantità di figli, che possibilmente non morissero al momento del parto o durante l'infanzia di una delle tante malattie che allora decimavano le comunità contadine.

Quello che si chiedeva alla divinità materna era un corpo felice. Capisci quello che voglio dire, Perdu? Mi chiedi cosa intendo per corpo felice. Be' un corpo fertile, capace di partorire figli, ma anche pensieri e desideri, progetti e sogni. Le ragazze di ogni latitudine ed etnia si inginocchiavano davanti a queste immagini di fertilità e abbondanza per chiedere un corpo felice. Un corpo che sapeva essere felice e dare felicità.

10

A questo punto, Perdu, io mi faccio sempre la stessa domanda: perché la Chiesa cristiana, che pure è nata in un periodo in cui i bambini morivano come mosche, ha tanto insistito sulla castità e sull'astinenza? Solo perché il sesso era considerato un principio diabolico? E perché poi era da considerarsi diabolico se dava vita? Non è strana questa ossessione sulla diabolicità del sesso quando tutte le religioni si basano sulla prolificità e sull'eros come strumento sacro di conoscenza e di moltiplicazione dei viventi?

Per fare figli bisogna pure avere un rapporto sessuale, e per l'uomo è necessaria l'erezione, che dipende dal desiderio, e in qualche modo questo desiderio deve essere sollecitato. L'ideale, e lo dicono tante leggende e storie di sacre coppie, sarebbe che il piccolo nascesse da un incontro di desideri: quello maschile che fa inturgidire il pene e quello femminile che accende il calore dei sensi. Un corpo felice dovrebbe germogliare in armonia con la natura e con la gioia di vivere, non lo pensi anche tu? Un corpo felice non può essere separato da un pensiero felice. Ma quanti corpi crescono felici?

La paura del sesso nella nostra cultura... Perdu, mi ascolti? Lo so che ti sei tappato le orecchie per non ascoltare le parole di una madre troppo attenta alle ingiustizie storiche di cui non ti importa nulla. Ma io parlo al Perdu che sarai, perché la memoria ce l'hai e anche molto acuta, e so con certezza che ti rammenterai di questi racconti materni quando sarai grande e ragionerai con la tua testa. La paura del sesso, capisci, era tale che il corpo femminile, una volta amato, curato, adorato e venerato per la sua sacra potenza, veniva trasformato in una voragine di pericoli e di paure, un corpo pieno di spine e di raggiri, un corpo da cui è meglio stare lontani e, se proprio non si può ignorarlo, da tenere strettamente a freno. Un corpo da legare, inchiodare al suolo e vigilare sempre, senza perderlo mai di vista.

Be', pensa che per questa ossessione sessuofobica, la madre di Cristo ha dovuto partorire senza accoppiarsi con il suo sposo, via "partenogenesi", si dice così. Non ti sembra curioso? Anche se questo non è scritto nel Vangelo, i santi Padri hanno confermato che così è stato. Ma cos'è che spingeva la Chiesa cattolica a castigare con tanto accanimento la sessualità? Perché di tutti i peccati sembra essere il più pericoloso, il più insidioso, il più condannabile? Perché era diventato una fissazione? Io me lo chiedo, ma vorrei che te lo chiedessi anche tu. Dovrai chiedertelo, perché ne andrà della tua libertà di spirito, della tua conoscenza della storia e quindi di te stesso.

La condanna del sesso serviva forse a distinguere e difendere il Dio unico, fatto di volontà e di pensiero, dalla natura vista come orgiastica e portatrice di disordine? Era funzionale a esaltare il *Logos* al posto del *Pathos*? Pensa ai Greci, che sono stati maestri per i Romani e per i cristiani. Che si chiamassero Zeus o Apollo, o Dioniso, gli dèi erano tutti presi dalla frenesia sessuale, tanto da accettare lo stupro come diritto divino. Quelli romani si accoppiavano quando e come potevano, e il coito era considerato un preludio alla fertilità della terra.

Come spiegare quindi questo rifiuto categorico dei corpi sessuati? Era un modo di distinguersi dalle religioni arcaiche e donarsi a un Dio che non aveva una donna accanto ma solo un figlio? A questo punto mi viene spontanea un'altra domanda: come ha fatto Dio-Padre a fare un figlio senza una figura femminile vicino? Possibile che il Grande Signore non avesse come compagno un corpo portatore di fertilità, una divinità madre, come vogliono la logica e la natura? Nell'idea di un Dio solitario e onnipotente che crea i cieli e la terra, che impasta il fango per dare vita all'uomo, dalla cui costola tira fuori la donna, c'è qualcosa di talmente solitario e sprezzante da suscitare qualche preoccupazione.

È così che nasce il patriarcato? Un regno di Padri, da cui le Madri sono rifiutate e perse in un oblio cosmico? Ma perché questo accanimento antimaterno? Anche se tu sei un maschio, Perdu, non puoi non farti queste domande: cosa c'è che fa tanta paura nel corpo di una madre? Possiamo credere che si tratti di una tristissima e ovvia lotta per il potere in cui il maschio vuole gestire ogni libertà, ogni autonomia e fare tutto da sé, al punto da trasformare un grande potere come quello materno in una servitù da schiava? Possibile che sia tutto così semplice e prevedibile?

Dio manda un angelo ad annunciare a Maria che ospiterà nel suo ventre un figlio, ma questo figlio sarà concepito senza l'atto sessuale. Lo Spirito Santo penserà a ingravidarla. E come? Attraverso un atto di volontà sovrana? E perché il più grande e santo dei Padri ha sentito il bisogno di metterle accanto un marito molto più anziano, sempre rappresentato nei quadri come un vecchio dai capelli bianchi? Dio si è servito di san Giuseppe per ingravidare la Madonna o la sua figura è semplicemente una copertura per dare alla famiglia terrena un aspetto accettabile? Ma san Giuseppe era un semplice uomo e la Madonna partorirà invece un bambino divino che si chiamerà Gesù e verrà dichiarato figlio di Dio. Quindi Giuseppe non ha nessuna parte nella genesi sacra, nemmeno una responsabilità indiretta. Di questo, però, non sembra preoccuparsi. Sarà palese a tutti che dal grembo della sua sposa è nato, per volontà divina, un bambino santo, mezzo umano e mezzo divino.

Gesù insomma nasce dall'incontro di un ventre umano con una colomba che porta nel suo becco il seme dello Spirito Santo? Sono scene descritte mille volte nei quadri che conosciamo bene, tu ed io, Perdu, perché ovunque io sia andata, sono sempre corsa nei musei ad ammirare le tele che raccontano le antiche storie del mondo. Ho dovuto imparare che la voglia di un figlio sta nel corpo felice di ogni donna. Ma ti dirò di più, sta anche nel corpo di ogni uomo, per quanto poi gli uomini abbiano tentato di cancellare o smorzare quel desiderio come se fosse un ardimento pericoloso.

Pensa a Geppetto, che desidera talmente tanto un figlio da finire per costruirselo intagliando un pezzo di legno. Tale l'amore per quel suo figlio di legno, Pinocchio, che lo trasforma in un bambino di carne ed ossa. Non è commovente questa voglia di paternità in un vecchio falegname dalla testa pelata, le orecchie a sventola, così brutto e vecchio che nessuna donna lo vuole, povero Geppetto? Ma la sua ostinazione è tale che riesce nel miracolo. Anche Giuseppe, padre di Gesù, era un falegname. Chissà che non conoscessero gli stessi segreti di padri solitari innamorati dei figli!

II

Perfino Dio desidera un figlio, ti rendi conto, Perdu?, ma non vuole riconoscerne la madre se non come una portatrice muta e paziente del suo sacro seme. Non fa l'amore con una dea, come succedeva sui bellissimi prati greci nelle notti di luna. No, lui sceglie una povera contadina, senza casa e senza scarpe, una certa Maria di Palestina, ignorantella e modesta, che si è appena sposata (o l'hanno sposata secondo le usanze di allora?) con un vecchio falegname probabilmente ormai in riposo, con un corpo logorato dalle fatiche, per darle in dono suo figlio.

È bellissimo, Perdu, non trovi, che un così grande Signore voglia fare un figlio con una umile contadina che avrà avuto sì e no sedici anni? Ma se l'ha scelta così innocente e gentile e modesta, perché non la fa sedere accanto a sé nella Santissima Trinità? Solo perché Maria era una mortale mentre lui è immortale? Era questo il grande peccato che doveva essere cancellato con la trasformazione della madre in un corpo passivo, puro contenitore del soprannaturale? Posta così non risulta troppo dissimile dalla difesa di Oreste che fa Apollo nel tribunale degli dèi che deve giudicare il matricida perseguitato dalle Furie. Oreste, signori, è innocente perché non ha ucciso la madre ma ha solo accoltellato il corpo che conteneva il seme del padre. È sempre solo il seme del Padre che crea la vita?

Eppure ho letto, Perdu mio, che l'idea della verginità della Madonna veniva dalle antiche dee vergini guerriere, che rifiutavano la famiglia, non accettavano mariti e si dedicavano all'amore occasionale e legato solo al piacere. Tu l'hai letto con me, coi miei occhi che sono anche i tuoi. Erano considerate le coraggiose e audaci dee della solitudine e della guerra, ti ricordi? Erano chiamate vergini perché non avevano un uomo accanto a sé, ma non erano vergini nel senso fisiologico della parola. Si trattava di una verginità di mente e di carattere. Donne giovani e autonome che se volevano un figlio se lo facevano, rifiutando l'idea di un padre. Ed erano figli di sole madri, vergini e guerriere.

Una volta, Perdu, ti ho raccontato delle Amazzoni, di cui Plutarco favoleggia che vivessero nella Scizia: si accoppiavano al buio con dei guerrieri scelti a caso fra i popoli vicini e, se nasceva un maschio, lo mandavano dal padre, mentre le femmine le tenevano con loro, educandole all'arte della guerra e del buon governo. Hai guardato con me le immagini di alcuni corpi femminili dal seno monco dipinti in nero su vasi colorati di un rosso sanguigno.

Ti ho anche raccontato delle Baccanti. Una volta siamo pure andati a teatro a vedere una versione edulcorata e moderna del terribile testo di Euripide, te lo ricordi? Tu tremavi, e avevi ragione, perché la storia è atroce. Le donne di Tebe, istigate da Dioniso che voleva vendicarsi dell'incredulo Penteo, ebbre di liquori e di droghe si mettono a correre nella foresta credendo di essersi trasformate in leonesse e lupe furenti. Il colmo della vendetta arriva quando Agave, la madre di Penteo, non riconoscendo il figlio, lo aggredisce e lo fa a pezzi, aiutata dalle sue compagne ubriache che porteranno in trionfo la testa sanguinante del povero ragazzo.

Finiscono tutte malissimo, Perdu mio, queste storie di donne che per qualche momento si sono illuse di essere libere di decidere della propria vita fuori dall'ordine dei Padri. "Ma che dici? Sono solo stupide leggende", commenterebbe la mia amica Silvana, "cosa vai a raccontare a quel tuo figlio fantasma che non ha orecchie per sentire né cuore per reagire?" Eppure nelle leggende si nasconde sempre qualcosa di vero, che nel tempo si è contornato di un alone mitico, rendendole fiabesche e deliranti, ma sempre cariche di un'arcaica realtà.

La storia la raccontano i vincitori, Perdu, e tu lo sai anche se non lo capisci. Le donne non hanno ancora imparato a raccontare la propria storia, rivendicando il proprio punto di vista, le proprie battaglie, le proprie conquiste, i propri sogni, le proprie verità. Ma prima o poi ci riusciranno. E le farà sentire orgogliose del proprio sesso.

12

Il problema è che a furia di sentirsi attribuire colpe lontane e profonde, a furia di sentirsi dire che sono incapaci, deboli, soggette, irrazionali, irresponsabili, negate per la preghiera e l'arte, le donne hanno finito per crederci. Questa è la cosa più grave che potesse succedere. Perdu caro, mi stai a sentire? Una ferita che diventa parte di un corpo leso, e perde il ricordo della mano che l'ha inferta, è una ferita che non cicatrizzerà mai. Una ferita aperta, e sempre presente, porta le donne a credere che quegli squarci siano propri del loro destino carnale, biologicamente cresciuti con loro e quindi ineluttabili.

Il senso di colpa introiettato fa danni che spesso non vengono riconosciuti. Disamore per il proprio corpo, paura viscerale dell'eros, senso di inadeguatezza, sfiducia nelle proprie forze, senso di inferiorità congenito, timore dell'altro, voglia di autopunirsi. Le più deboli e fragili si inventano delle strategie di connivenza col nemico per salvarsi dalle possibili condanne o anche solo dal ridicolo che le paralizza. Complicità perverse che tutte conosciamo. Rifiuti che diventano inviti, per il terrore del disprezzo e della disapprovazione.

Ti ho parlato più volte di quelle ragazze che, ricattate dal loro potente datore di lavoro, hanno finito per cedere alla sua prepotenza. Un cedimento doloroso, a cui potevano opporsi, ma non hanno avuto abbastanza fiducia in se stesse, per cui hanno chiuso gli occhi, stretto i denti e fatto finta di non esserci. Il guaio è che ogni cedimento, anche se umiliante e doloroso, finisce per essere visto come complicità. Una complicità imposta di cui spesso la donna si attribuisce la colpa, perché l'abitudine a sentirsi dare della colpevole per ogni azione è tale da convincerla che qualcosa di vero ci sarà e quindi vorrà punirsi prima che lo facciano altri.

In effetti è proprio questo che il seduttore si augura e bisogna dire che spesso lo ottiene. Mi segui nel ragionamento, Perdu mio? Non si tratta, nei casi di persone colte e importanti, di una violenza compiuta a freddo, ma di una strategia di connivenza che spesso riesce a contagiare la ragazza, soprattutto quando è molto giovane e inesperta. Succede anche nei casi di pedofilia. Molte volte il pedofilo riesce a sdoppiarsi, a mostrarsi in pubblico come una persona pia, gentile e amante della bellezza. Quando il predatore punta un ragazzino – questo lo dico perché forse ti riesce più facile capirlo, Perdu, bambino silenzioso – tenta per prima cosa di sedurlo. E se il bambino è ingenuo e innocente, il gioco diventa facile. Soprattutto con quei piccoli che hanno avuto carenza di affetti, che si sentono soli e impauriti, il pedofilo si presenta come un salvatore, qualcuno capace di attenzione e di tenerezza.

Il bambino non immagina che dietro alle sue parole di adulazione, delicate e gentili, dietro ai suoi gesti affettuosi e accudenti, c'è una precisa strategia. Il seduttore agisce come quel fiore carnivoro che mostra i suoi profumi e i suoi colori allettanti per attirare l'ignaro insetto, e quando questo è intento a godere delle sue bellezze, *trac*, il fiore chiude le possenti mascelle e imprigiona la vittima, che poi divorerà tranquillamente. Difficile per un bambino che non conosce ancora la vita diffidare di una persona sorridente e premurosa che lo riempie di regali e adulazioni e che, solo quando gli si sarà abbandonato fiducioso, chiuderà le possenti mascelle imprigionandolo nella sua violenta sessualità di adulto.

A quel punto il bambino si sentirà profondamente offeso, ma nello stesso tempo avrà la sensazione di essere stato complice, perché il pedofilo ha costruito attorno a lui una rete di affettuosità e lo ha fatto sentire parte di quella violenza, come se in qualche modo l'avesse voluta lui. Il non riconoscere il nemico mette in moto spesso forme terribili di autopunizione. I bambini abusati cascano spesso in una depressione suicidale, cercano pace nella droga, nel disordine fisico e spirituale.

Tornando alle donne, e ti prego di non smettere di seguirmi anche se non parlo di bambini come te, anche con loro è facilissimo insinuare l'idea che in qualche modo abbiano contribuito alla violenza che subiscono, convincendole che sono parte di un gioco a due, di un *do ut des* che comprende la violenza finale. Ne consegue un patto segreto di consenso e silenzio. A volte, se la seduzione non funziona, viene sostituita dalle minacce, che arriveranno nemmeno tanto velate: se parli, verrò a stanarti e ti farò del male, se parli, troverò il modo di sputtanarti, di svergognarti, di metterti alla berlina, di renderti colpevole.

La ragazza, se inesperta e impaurita, cederà. E se, passati molti anni, avrà l'ardire di confidarsi, magari col compagno di cui è innamorata, le si dirà: perché non hai parlato prima? Il tuo silenzio ha il sapore amaro della menzogna: sei una mentitrice, ti sei inventata tutto per vendicarti di qualcuno o per metterti in mostra, o magari per fare del male a chi ti ha lasciata dopo promesse di eterno amore!

Oltretutto, e lo dicono le donne che hanno sporto denuncia nel momento dell'aggressione, chi ha la forza di parlare perde credibilità e consenso nell'ambito del lavoro. Perché il ricatto sessuale avviene sempre senza testimoni, quindi la parola della vittima varrà quanto quella del ricattatore. E poi, se l'uomo è potente, troverà gli avvocati migliori, che dimostreranno o che lei sta mentendo e non c'è stato proprio niente – si è inventata ogni cosa per farsi pubblicità – oppure che sì, c'è stato un atto sessuale, ma lei non solo era consenziente, anzi è stata proprio lei a sedurlo e quindi non può che essere una bugiarda che cerca soldi ricattando la buona fede dello stupratore.

Quante volte abbiamo sentito questa storia, Perdu, tu ed io, leggendo la cronaca sui giornali? Negli ultimi tempi le donne si sono fatte coraggio e hanno denunciato, ma solo quando hanno udito che le voci si erano moltiplicate. Da sole non sarebbero state credute. Sapevano che isolate sarebbero state perdenti. Le poche che hanno osato parlare sono state ridotte al silenzio dalle controaccuse dell'uomo potente di turno. Le prove, in caso di abuso, sono difficilissime da trovare. Anche perché una donna non va sempre in giro con un registratore acceso o il cellulare pronto a filmare o fotografare il reo. Lo stupratore si avvale dell'effetto sorpresa e del fatto che non ci saranno testimoni.

Una riflessione che mi viene spontanea, Perdu mio, e che ti farà sorridere: ma è mai successo che un giudice chiedesse a qualcuno che ha denunciato una rapina o uno scippo, se ha provato piacere? A nessuno viene in mente di sostenere che la vittima di una rapina fosse consenziente. L'argomento base dello stupratore invece è proprio questo: che la rapina (e di questo si tratta) non era tale perché lei era d'accordo. Quindi dove sta la colpevolezza? Tutto questo parte da una convinzione antica che risale ai Romani: *Vis cara puellae*, ovvero la forza piace alle ragazze. Come dire che lo stupro è semplicemente una forzatura, qualcosa che la *puella* non osa confessare ma che in fondo si aspetta da un vero uomo e che alla fine non può che procurarle piacere. Questo è ancora il pensiero recondito di tanti uomini che non accettano e non credono alla autonomia di coscienza e di volontà delle donne.

13

Non è un caso che il sentimento di inadeguatezza e di irresponsabilità sia inciso nei cuori delle donne come un peccato da espiare. Mi segui, Perdu? Ho paura di annoiarti, ma nello tesso tempo so di tenerti per mano e non intendo lasciarti andare. Ho bisogno di sapere che la ragione non issa bandiere. La ragione ci lega, come due fratelli di pensiero. Non mi dire di no. La ragione è la cosa più umana e stupenda che ci sia. E io voglio dividerla con te.

Nel campo amoroso, per esempio, le donne spesso desiderano e chiedono di essere punite. Ho fatto una ricerca sui libri erotici scritti dalle donne e sono rimasta di stucco scoprendo che tutti, nessuno escluso, partivano dal presupposto che il maggior piacere erotico che potevano provare le donne fosse il piacere derivato dal dolore. Parlo di sesso. E infatti tutti i grandi successi, come la trilogia delle *Cinquanta sfumature di grigio, nero, rosso*, sono basati su un paradosso: se la donna sceglierà da sola il proprio torturatore, si potrà considerare una eroina della libertà.

A me sembra una aberrazione. Non sembra anche a te? Nessuno realmente sceglie con piacere di essere torturato. Ma appunto le donne hanno così introiettato l'accettazione del dolore da considerare una grande conquista l'idea di scegliersi da sole il proprio aguzzino. Un concetto di libertà distorto e masochista, ma certamente figlio della storia. Altrimenti non si spiegherebbe il successo di questi libri popolari che divulgano un concetto di libertà ricavato da una idea preventiva di tipo schiavistico. Lo schiavo o detesta il suo padrone e cerca di disubbidirgli, sapendo che sarà comunque perdente ma perlomeno rimarrà libero nella sua dignità, oppure si adegua, facendo del suo padrone un idolo, un punto di riferimento e ne accetta i valori.

La cosa peggiore che possa capitare a una donna, Perdu, seguimi, è proprio quella di identificarsi con il sistema di pensiero dei Padri, a tal punto da considerarsi, con piacere e vanità, una preda ambita, un oggetto di desiderio, una proprietà da custodire. Di conseguenza le sue strategie consisteranno nel trasformarsi in una bambola che lei sa benissimo essere irresistibile. Certi vestiti che strizzano l'occhio, che dicono "prendimi, io scapperò ma tu dovrai rincorrermi", sono il segno evidente, a volte francamente grottesco, se non penoso, della schiavitù accettata come male inevitabile.

Fare proprio un linguaggio inventato dall'uomo per l'uomo è una perversione che le donne conoscono bene e da cui a volte rimangono stregate. Ricordo che Ida Magli in un suo libro scriveva che le donne, da come si vestono e come si pettinano, utilizzano la lingua con cui si parlano gli uomini fra di loro. Non sono scelte autonome, ma rappresentazioni di un desiderio stereotipato che esprime appartenenza, sollecitazione, competizione, onore da mantenere e difendere. “Per capire la nostra cultura” scrive in *La sessualità maschile* “dovevo capire i maschi, visto che sono stati loro a costruirle. Questa è la strada che ho percorso a ritroso. E alla sommità della risalita ho trovato il pene.”

Molte donne ritengono che il solo modo per farsi strada in un mondo coniugato al maschile sia non solo accogliere e fare propri i valori tradizionali, ma farlo con un entusiasmo e una teatralità che eccitano alcuni maschi vanitosi. Non capiscono, però, che si rendono ridicole. Anche tu, Perdu, le giudicheresti tali certe ragazze che si esibiscono in moine, ancheggiamenti, sorrisi voluttuosi e invitanti. Anche tu diresti che quelli non sono altro che i segni di un asservimento, perché non esprimono gusti propri ma solo mode e manierismi che sollecitano in maniera convenzionale l’eccitazione maschile.

Probabilmente aggiungeresti che non c’è niente di male a usare le strategie della seduzione. Lo fanno anche gli animali. Lo so. Eppure, paradossalmente, in natura sono di solito i maschi che cercano di attirare le femmine coi loro colori, le loro piume, le loro bellezze. Non a caso si dice “fa il pavone”: il bellissimo uccello apre le sue magnifiche piume proprio per attirare la femmina, la pavona, che invece è bassa, rotondetta ed è ricoperta da piume di un grigio spento. È solo lui che si esibisce e si riempie di vistose lucentezze per accendere i sensi di lei. Già questo basterebbe a far capire come nell'essere umano le parti siano state perversamente invertite.

Ricordo un fatto di cronaca che mi ha impressionata, lo ricordi anche tu perché l'abbiamo letto insieme su un quotidiano: due ragazze di un quartiere ricco di Roma si vendevano per una scheda telefonica. Quando la notizia è arrivata sui giornali, è stato chiesto loro perché, pur disponendo di ogni necessità, si vendessero e perfino a un prezzo così basso. La risposta è stata: «Siamo autonome e libere e ci vendiamo come vogliamo, che c'è di male?». Nessuno le obbligava, lo facevano per il piacere di farlo. Totale aberrazione, mostruosa identificazione con una cultura del mercato.

Le due ragazze, in modo libero e consapevole, a detta loro, davano al proprio corpo il valore di una scheda telefonica. Una visione distorta e pericolosamente autoafflittiva della libertà.

La prostituzione. Appena pronuncio la parola, sento delle voci concitate che ripetono la solita frase: "Ma è sempre esistita, fa parte della storia umana, non c'è niente da fare", le senti anche tu Perdu? Ebbene, si potrebbe rispondere che se non ci fosse un compratore, non ci sarebbero corpi in vendita. E a questo punto c'è da chiedersi, ma seriamente: perché un uomo prova piacere a comprare un corpo anziché corteggiarlo, amarlo, conquistarlo? Perché vuole pagare?

Un secolo fa, quando le ragazze stavano segregate in casa, c'era chi rispondeva che i giovani dovevano pure esprimere la propria sessualità e, non avendo a disposizione ragazze pronte a fare l'amore, si sfogavano con le donne in vendita. Ma ora che l'amore sessuale è libero e le ragazze non sono più segregate in casa, cosa spinge un uomo a cercare sesso a pagamento?

Le risposte sono varie. La scrittrice americana Kate Millett – ti ricordi che l'abbiamo conosciuta a Roma quando è venuta a presentare il suo libro e l'abbiamo trovata impacciata e timida, con due grandi occhi malinconici e un sorriso luminoso? – be', Kate Millett lo interpreta come un puro bisogno di dominio da parte di uomini impauriti e frustrati, che vogliono raggiungere momenti di comando assoluto sul corpo di una donna. La soddisfazione che promette un corpo totalmente asservito che dà sesso senza chiedere in cambio amore, corteggiamento, interesse, nemmeno rispetto, per certi uomini è una soddisfazione che li compensa di molti dolori e umiliazioni.

Immagina un impiegato che magari viene mortificato sul lavoro, sfruttato, mal compreso, frustrato nei suoi più profondi desideri – la Millett ci chiede uno slancio di immaginazione e ci porta per mano in quel luogo del nulla in cui l'impiegato abbrutito dal lavoro, disamorato della moglie, nauseato dei pessimi rapporti col capo, può assaporare il suo sogno di rivincita sul mondo, sulle donne mai docili e passive come vorrebbe. Una bella ragazza, dopo una semplice contrattazione, sarà completamente in suo potere, anche se solo per cinque minuti, e questo rende euforico l'uomo scontento della sua vita quotidiana, lo fa sentire importante e vincente. Anche se gli costa cara, ne varrà la pena. Convincente, no? Altrimenti non si spiegherebbero i nove milioni di uomini che ogni anno nel nostro Paese si accoppiano con prostitute, come dice l'Istat.

Altri sostengono che gli uomini, per antica tradizione, sono portati alla poligamia, soprattutto sul piano sessuale. Ma dato che oggi la poligamia è proibita dalla legge (perlomeno nei Paesi occidentali e cristiani), questi maschi pensano di recuperarne il privilegio accoppiandosi con più donne. Pagando, naturalmente, ma da un certo punto di vista il pagamento è una assicurazione. Aderendo a un contratto basato su uno scambio di denaro, non si attiveranno richieste di affetto, di attenzione, di cura, non ci saranno coinvolgimenti e impegni di nessun genere. Si fa, si paga e si va. Insomma, si tratterebbe di un piccolo sogno di poligamia che si risolve nel tempo di una sigaretta, con la sicurezza che non ci saranno conseguenze e, soprattutto, nessuna responsabilità.

Altri ancora – e questi sono gli amici di tuo nonno, Perdu, gli studiosi di storia, gli antropologi dal naso lungo – sostengono che l'uomo, che ha un passato lontano di nomade e cacciatore, ha conservato nella sua memoria più arcaica l'idea di un nomadismo anche sessuale e di un godimento passeggero di corpi femminili privo di responsabilità di sorta. Pensiamo al mito di Ulisse, il grande, astuto e intelligentissimo viaggiatore, simbolo dell'inquietudine fisica e mentale della cultura europea.

Ulisse dichiara in ogni momento di voler tornare a Itaca, nella sua corte, dalla sua sposa e dal suo figlio adorato, ma in realtà si ferma per dieci anni presso Circe, che vive in un palazzo solitario nell'isola di Eea circondato da belve. La maga ha la brutta abitudine di attirare gli uomini per poi trasformarli in porci. Anche con Ulisse ci prova, ma non ci riuscirà, sebbene abbia già ridotto in maiali i suoi compagni di viaggio. I loro saranno accoppiamenti felici che non finiranno in metamorfosi disgustose.

Circe è la sola donna che, dopo tanti anni di convivenza, lascia andare Ulisse senza rimproveri. Altri sette anni Ulisse li trascorrerà con Calipso sull'isola di Ogigia, dove approda scampato a una delle terribili tempeste che infestano lo stretto fra Scilla e Cariddi. Infine ci sarà Nausicaa, la più giovane delle conquiste ulissiane, quasi una bambina che sta giocando a palla. Tu ti sei stupito, Perdu, che delle ragazzine in riva al mare giocassero a palla: “Ma conoscevano già la palla a quel tempo?”. Pare proprio di sì, la grammatica Agallide nel 200 a.C. addirittura sostiene che la palla l'abbia inventata proprio Nausicaa.

Ulisse, che si era messo a dormire, stremato dopo il naufragio, dietro dei cespugli vicini alla spiaggia, sente le voci femminili e si incammina verso di loro. Ma è completamente nudo, e un poco si vergogna di fronte a quelle bambine che intanto, vedendo avanzare quell'uomo sporco, barbuto, senza uno straccio addosso, lo scambiano per un predone selvaggio. Solo Nausicaa rimane in piedi davanti a lui e lo guarda con simpatia. Subito dopo va a prendere una coperta perché lo straniero si copra. E poi, con gentilezza quasi materna, lo guida verso il palazzo, dove potrà bere qualcosa di fresco e trovare dei panni caldi, oltre a raccontare le sue avventure al vecchio Alcinoo, re dei Feaci.

Questa volta pare che Ulisse non si accomodi nelle stanze di Nausicaa per goderne le novizie carnali. Per quanto la ragazzina sia attratta da lui, saggiamente lo incoraggia a partire. E così farà Ulisse che, stanco di girovagare e accoppiarsi con tante donne, tornerà alla sua isola, ritroverà la moglie, ucciderà tutti i pretendenti che per anni Penelope ha tenuto a bada con promesse e rimandi, e si insedierà nel suo regno, non prima di avere sterminato crudelmente le ancelle che avevano fatto l'amore con gli occupanti.

Ma, come racconta Dante, Ulisse non si fermerà a lungo in seno alla famiglia. Nonostante la dolcezza di ritrovare la sua vecchia balia, che per prima lo ha riconosciuto per l'antica ferita infertagli da un cinghiale, nonostante la tenerezza di una moglie dolcissima che l'ha aspettato paziente praticando la difficile arte del promettere e poi rimangiarsi le promesse fatte, tenendo a bada i Proci che volevano a tutti i costi sposarla, nonostante la presenza tanto agognata del figlio, Ulisse finirà per farsi cogliere ancora una volta dalla nostalgia del viaggio. Metterà a posto la sua barca di un tempo e partirà per nuove avventure, sempre verso il mare aperto, dove probabilmente troverà la morte in acqua.

14

Tante volte mi torna in sogno il mio bambino morto, il piccolo Perdu dai capelli biondi e gli occhi celesti come i miei. Chissà perché avrebbe dovuto avere gli occhi azzurri, poteva averli marroni come il padre che è un pittore dai capelli scuri e gli occhi liquidi, gentili. Adesso non ricordo più se sono stata io a lasciarlo o lui a lasciare me. Dopo i primi entusiasmi e due anni di convivenza, la morte del figlio molto voluto ha sciolto il matrimonio come un gelato al sole. Le dolcezze si sono perse, assorbite da un terreno ostile.

Eppure avevo accettato tante cose abnormi del mio amato marito, come la presenza in casa nostra del fratello handicappato, il dolce Marcello che a trent'anni ragionava come un bambino di dieci. Amava il tram. La mattina usciva, si infilava su un tram e tornava all'ora di pranzo. «Dove sei stato, Marcello?» «In giro.» «Ma dove?» Non sapeva dirlo. «Ti sei divertito?» «Sono entrato in un negozio per cercare il brodo vegetale, ma non l'ho trovato.» «Te lo compro io, so dove lo vendono.» «No, solo io so quello che voglio.» Era un brodo in pasta chiuso in certi tubetti color verde scuro che lui succhiava direttamente dal tubo appena tolto il tappo.

Mentre mio marito dipingeva, qualche volta accompagnavo il silenzioso Marcello a passeggiare a Villa Borghese. Ma lui preferiva il tram. E si portava dietro uno zainetto pieno di tubetti di brodo in pasta ormai mezzi succhiati. «Ma non ti fanno venire sete, Marcello?» Lui rideva silenzioso. Si grattava la testa e mi guardava con due occhi di bambino spaventato. Alle volte di notte sentivo il suo ansito affrettato e la mattina trovavo delle macchie giallastre sul lenzuolo. «Marcello sta diventando uomo» diceva mio marito con un sorriso di simpatia. Ma a trent'anni non era un poco tardi per diventare uomo? «Devi avere pazienza con Marcello: è un bambino in un corpo di adulto, non è facile per lui muoversi in questo mondo.» Lo sapevo, e di pazienza ne avevo a volontà. Ero innamorata del fratello maggiore e vedevo in quello minore qualcosa del suo fascino, anche se turbato da una strana malattia della crescita. «È come avere in casa un bimbo di otto anni.»

Per fortuna ho sempre avuto un buon rapporto coi bambini. Parlo loro come se fossero miei coetanei. E loro mi ricambiano con la fiducia. Non amo quelli che si rivolgono ai piccoli come se fossero privi di intelligenza, distorcendo il linguaggio e leziosando. Sono convinta che i bambini siano intelligenti come gli adulti, sono convinta che abbiano gli stessi sentimenti, le stesse emozioni, la stessa capacità di provare amore e odio. Solo che ancora non hanno imparato a esprimerli. La sola cosa che distingue un adulto da un bambino è l'esperienza. Ma guai a chi approfitta della loro innocenza per imporsi con la propria esperienza di adulto. Può rovinare loro la vita.

Ma Perdu dove starà adesso? Quando ne parlavo con Marcello, nei mesi dopo l'aborto spontaneo trascorsi in casa della suocera, che aveva un ampio e ben tenuto giardino, lui mi diceva, con voce tenera, che Perdu si era appollaiato su un ramo dell'albero più alto. Era un cedro del Libano dai lunghi rami carichi di ciuffi di aghi e ogni primavera si copriva di lustre pigne oblunghe che prima si coloravano di un verde azzurrino, poi diventavano marroni. «Da lì ci guarda e ride» diceva Marcello. «Di cosa ride secondo te?» «Di noi che siamo piccoli e abbiamo sempre fame.» «E lui non ha fame?» «Lui no, mangia aria e vento, si gonfia come un pallone ma poi piange e gli va tutto nelle lacrime.»

Mi divertiva pensare al bambino Perdu che aveva fatto un nido su un albero e teneva d'occhio la casa dove vivevano sua madre e sua nonna, dove era nato suo padre che dipingeva dei quadri sempre più grandi e sempre più disperati. «Perché non scende il bambino a giocare con noi?» chiedevo, e Marcello, sprofondando nella struggente saggezza da adolescente ritardato, rispondeva che le anime non mangiano e non giocano, guardano solo, perché mangiano con gli occhi.

L'ho immaginato a dieci anni il mio perdutello, l'età mentale dello zio Marcello. Cosa avresti fatto, Perdu, a quell'età? Sono sicura che ti saresti masturbato come faceva tuo zio, lasciando delle macchie giallastre sul lenzuolo. E avresti cominciato a cambiare voce. E sulle braccia avrebbero cominciato a crescerti dei peli trasparenti di cui ti saresti vergognato. O forse no, forse saresti stato orgoglioso. Stavi crescendo e il tuo corpo si stava trasformando. Mentre Marcello rimaneva fermo in un tempo stregato nonostante gli anni che passavano, e tu ti trasformavi con grande velocità. Dieci anni, poi undici, poi dodici, poi quattordici. Penso che saresti stato un ragazzino saggio, un grande lettore. O forse, per polemica con me, avresti rifiutato di leggere? Se mia madre legge tanto, io farò il contrario per distinguermi da lei, sono già abbastanza plagiato. Avresti pensato questo?

Eppure so che la lettura ti piaceva. Lo so dal fatto che quando ero incinta di te e leggevo, te ne stavi rincantucciato in un angolo ascoltando le parole che mi passavano fra le labbra e gli occhi. Leggevo a voce alta per te, e quando leggevo non ti muovevi mai, te ne stavi tranquillo e silenzioso. Quanto ho letto mentre me ne stavo coricata, secondo gli ordini del medico, e non avevo altro da fare che tenere un libro in mano!

Ti ricordi *La montagna incantata*? Non so perché mi ero invaghita di quel libro, ma andavo avanti piano perché mi rattristava che finisse. Mi piaceva quel Castorp sempre innamorato di quella sciagurata di madame Scioscià che entrando nel refettorio ogni volta lasciava che la porta sbattesse dietro di sé, la bellissima madame Scioscià che mangiava come un uccellino eppure aveva un corpo fiorente, la madame Scioscià di cui Castorp teneva nel taschino la radiografia dei polmoni e ogni tanto la tirava fuori per baciarla come fosse una preziosa fotografia.

Sul comodino si accumulavano i volumi. *All'ombra delle fanciulle in fiore*: ti ricordi la spiaggia di Cambrais, e quelle gite in bicicletta nel vento dall'odore di mare? E le novelle di Cechov, e *Guerra e pace*, *Onorina*, *Gita al faro*, *Orgoglio e pregiudizio*, *La lettera scarlatta*, *La coscienza di Zeno*, e *Canne al vento* con le sorelle Pintor innamorate di un nipote che ne combinava di tutti i colori, e poi *Cime tempestose*, con la paura che metteva la presenza della pazza chiusa nella camera segreta... Leggevo dieci ore al giorno. E non mi stancavo. Qualche volta eri tu che ti stancavi e prendevi a scalciare. Allora andavo in piscina a nuotare. Il solo esercizio che mi era permesso.

So che saresti stato un bambino delicato e sognante, ribelle ogni tanto, ma con saggezza e mai dispettoso o capriccioso. Così ti ho visto crescere accanto a me. Ogni tanto ti innamoravi, e me ne parlavi con dolcezza un poco sognante. So che ti saresti innamorato di una bambina, forse la figlia del medico che veniva a visitarmi portandola con sé? Una bambina timidissima con le trecce bionde e gli occhi di un colore indecifrabile fra il grigio e il verde. Proprio come era successo a me, che mi ero innamorata, a sette anni, del figlio del vicino di casa di Kyoto.

Si chiamava François, il padre era medico e aveva uno strano cognome tedesco anche se era francese. François era un bambino serissimo, anche troppo, non rideva mai, aveva progetti ambiziosi per il futuro. Era sicuro che avrebbe seguito le orme paterne, avrebbe studiato medicina, avrebbe sezionato i cadaveri e imparato come si cura un corpo malato. A me l'idea di sezionare i cadaveri mi pareva ripugnante. Ma lui ci teneva a spiegarmi com'era fatto un corpo quando veniva aperto con un affilato bisturi.

Solo una volta ci siamo baciati, dietro un cespuglio. Sono sicura che il padre chirurgo ci spiasse dalla finestra. Mi è parso di avere visto la sua testa dai capelli ricci e folti. Ci controllava. Non ha rimproverato il figlio per il bacio, ma gli ha detto che era troppo presto per innamorarsi. Il bambino si è vergognato e gli ha risposto che non era affatto innamorato, ma gli piacevo perché sapevo giocare bene a nascondino. Ci sono rimasta malissimo quando l'ho saputo da mia madre che l'aveva saputo a sua volta dal padre di lui. François mi aveva tradito nel modo più vile. Per giorni e giorni non l'ho più cercato. Ma poiché ero sparita, è stato lui a cercarmi e con una insistenza quasi ossessiva.

Alla fine l'ho perdonato e ci siamo baciati per la seconda volta. «Lo fai perché sei innamorato o perché so giocare bene a nascondino?» «Io credo che provo un grande amore per te» ha detto lui inaspettatamente e ci siamo baciati per la terza volta. Poi, non so come, si è ammalato. Subito dopo che la giovane madre se n'è andata con un altro e il padre ha preso a trattarlo come un bebè. Lo prendeva in braccio, lo accompagnava pure al bagno, lo metteva al letto e lo imboccava. François ne soffriva, tanto da ammalarsi. E il padre sembrava contento di quei malesseri incomprensibili, perché gli davano l'occasione di tenerlo sotto gli occhi per tutta la giornata. Se lo portava infatti con sé all'ospedale e insieme facevano progetti macabri di sezionamento di cadaveri.

A me piaceva la testa pensosa di François, mi piacevano quegli occhi scuri e gravi, quel corpo agile anche se lento nei movimenti. Ci arrampicavamo su un albero robusto, forse era un ciliegio, uno di quei ciliegi giapponesi che in primavera si coprono di fiori rosa che frullano al vento come stelle volanti. Ci saremmo baciati la quarta volta se il padre, geloso, non avesse deciso di chiudere ogni passaggio dal nostro al loro giardino e non avesse proibito al figlio di incontrarmi. Qualche volta lo vedevo affacciato alla finestra, pallido, le spalle coperte da uno scialle a fiori che doveva essere appartenuto a sua madre. Non so se continuasse a sezionare cadaveri col padre, certo non l'ho più incontrato e non ci siamo più baciati.

15

Ecco, mi chiedo, quando è che un ragazzino come te, Perdu, si allontana dalla madre e cerca le proprie strade dando testate come un capretto arrabbiato contro tutto ciò che rappresenta la tradizione famigliare? Quando è che hai cominciato a tenere i segreti, a guardare le ragazze con occhio voglioso e a considerare tua madre una vecchia femminista rompiscatole? Quando è che da una accettazione affettuosa delle idee materne hai preso a puntarmi contro un dito accusatorio rifiutando ogni contatto anche solo di parole? E a che punto l'amicizia con i tuoi coetanei è diventata determinante?

«Quando e dove ti sei fatto quel tatuaggio, Perdu mio?» «Non lo so» risponde lui evasivo. «Ma lo sai che non te lo potrai più togliere? Perché ti sei fatto tatuare quel mostro coi denti di fuori e gli occhi di fuoco sulla schiena?» Lui alza le spalle e non risponde. Io lo so che questo è un periodo spinoso. Ti chiudi in bagno per ore a leggere giornaletti pornografici che poi nascondi in fondo all'armadio. Ma dimentichi che sono io a rimettere a posto la casa e non potrei non trovarmi fra le mani quelle fotografie di corpi goffi che si penetrano, davanti e dietro, quegli uomini vestiti che si divertono a spogliare una donna e afferrarla per i glutei. È leggendo quei giornaletti che hai cominciato a pensare a tua madre come a una rompiscatole che non capisce niente?

«Ma che cazzo vogliono queste ragazze sempre lì con il naso per aria, a guardarci dall'alto in basso? Cosa si credono di essere?» ho sentito che dicevi al telefono a un amico. «Perdu, ma perché parli così?» «Sei rimasta indietro mamma, sei di un altro secolo» hai risposto, «oggi le ragazze sono libere e fanno quello che vogliono. E lo sai la prima cosa che vogliono? Attirarti facendo tante smorfie, alzare la gonna e comandare. Ti fanno capire che ti daranno questo e quello, e poi invece scappano via appena le tocchi. Sono furbe e prepotenti. Ne ho conosciuta una e sinceramente, se non ci fossero tanti che la puntano, mi sarei fatto sotto: avrà tredici anni, devi vedere come ancheggia. E che culo ha, mamma, tutti gli uomini si voltano a guardarla perché sa muoverlo come se fosse una trottola e una calamita.»

«Non mi piace che parli di una bambina in questo modo» l'ho rimproverato dolcemente, ma lui ha continuato imperterrito: «Ha le unghie laccate di un rosso sangue, si trucca gli occhi di nero, sembra una vampira, porta le scarpe col tacco di dieci centimetri e una gonna corta che quasi si vedono le mutande. Cosa credi che voglia quella ragazzina? Farti impazzire di desiderio finché non cerchi di acchiapparla. Allora cominciano le storie: "No, lasciami, vogliono stare sola, non mi toccare!". "Ma allora perché cammini come una scimmia col culo per aria?" "Io faccio quello che voglio, sei tu che straveggoli." Io a quella, appena la acchiappo, le spalanco le gambe, mamma, e le entro dentro come una spada.»

«Come è possibile che tu, carne della mia carne, faccia questi ragionamenti? Da dove viene questa tua rabbia contro una ragazzina che si diverte a mettersi in mostra? Non capisci che se ti provoca è perché imita il vostro linguaggio? Non capisci che quei modi li ha imparati dai maschi come te? Perché ti senti offeso dalla sua voglia di giocare? È la sua libertà che ti spaventa? Dove le hai prese quelle frasi da vecchio satiro?» Ma lui non risponde. «Sai che ti dico, Perdu? Secondo me tu sei innamorato fradicio di quella ragazzina, ma non vuoi ammetterlo. Sei geloso e perciò la disprezzi, per sentirti meno solo e meno abbandonato. L'innamoramento, lo so, e lo sai anche tu, è visto come una debolezza fra quei ragazzini amici tuoi che credono di essere importanti perché fanno i bulli.»

Comincio a capire che per sfuggire alla mia influenza lui cerca altri pascoli, altre litanie, anche violente, anche offensive, per un bisogno di autonomia che lo rende scalpitante e ingiurioso. Vorrebbe farmi del male. Anche se ha dell'affetto per me, lo so con certezza. Non è facile dimenticare gli abbracci di una vita, le camminate mano nella mano, le storie che gli ho raccontato per addormentarlo, i giochi che abbiamo fatto insieme. Ti ricordi, Perdutello mio, i viaggi in Paesi che ti affascinavano e ti incuriosivano, le sorprese, le nuotate, il sole che abbiamo preso stesi accanto sullo stesso asciugamano? È un momento delicato, lo so, Perdu, è il momento in cui devi scegliere fra la casa e il mondo. E il mondo non va nella direzione delle tante cose che ti ha comunicato tua madre.

«Il mondo va da un'altra parte, mamma.» «Sì, lo so, il mondo strizza l'occhio al giovane maschio che sta affacciandosi alle sue finestre e gli propone di diventare un trionfatore.» «Che vuoi dire?» «Voglio dire che trovi bello rafforzare i muscoli, anche quelli del cervello, per trasformarti in un guerriero senza paura, autonomo, sprezzante, solo e deciso. Non è questo che vogliono i tuoi compagni? E tu vuoi diventare al più presto quel maschio lì, non l'essere gentile, timido e rispettoso che eri quando ancora consideravi tua madre una amica, una confidente. Tu vuoi essere come gli altri, vuoi condividere le loro fantasie, i loro ideali, i loro sogni che non sarai tu a inventare ma troverai più attraenti e dolci di quelli che ti avevo proposto io.»

Il mercato è davvero più forte di ogni codice morale ereditato in famiglia?, mi chiedo, offesa dai toni spavaldi e sprezzanti di mio figlio. «Eppure tuo padre è un uomo gentile. Non parlerebbe mai così di una donna, soprattutto di una bambina che semplicemente fa un poco di teatro.» «Ma quale teatro, mamma? Tu non hai capito niente, quella vuole mettere il suo piede sulla testa di ogni maschio che incontra. Sa di avere un bel corpicino da lupa e aspetta che entri nel suo bosco per mandarti giù in un boccone.» «Sul serio hai tanta paura di essere mangiato?» «Quelle come lei vogliono solo sbranarti e poi lasciarti lì morto.»

«Che io sappia, i lupi nelle favole sono maschi e si mangiano le bambine, non il contrario.» «Lei invece mi mangerebbe, anche crudo.» «Be', a me sembra una bambina che cerca di vincere la sua timidezza con un poco di scena.» «Scena un corno, mamma! Quella è fredda come un coltello e come un coltello vuole tagliarmi la gola.» «Sai che non ti riconosco, Perdu? Sei sempre stato un bambino gentile, dolce, attento agli altri; ora tiri fuori una furia che non ti appartiene.» «Aspetta solo che le metta le mani addosso, le strappo tutti i vestiti e la prendo con la forza, chiedo a un mio amico di filmare tutto e poi metto il video in rete, così impara.»

«Impara cosa, Perdu? Non ha già imparato abbastanza se nella sua piccola testa è arrivata a pensare che la sola libertà a cui abbia diritto consiste nel provocare i maschi? Non è stata lei a inventare questo gioco della preda e del predatore. È la strada che le ha insegnato a comportarsi come una lepre ballerina che scappa scodinzolando.» «Mamma, non essere ingenua: quelle come lei vogliono solo comandare, ma io non mi faccio comandare da una sguinciola di quel genere. Io la pesto come una merda e le sputo addosso.» «Sai che ti dico, Perdu? Se continui a parlare così, non ti riconosco più come figlio.» «E chi se ne frega!»

La violenza di mio figlio mi spaventa. Da dove è nata tutta questa aggressività? Dove l'ha covata, cresciuta, nutrita? Da bambino non l'ho mai sentito così tracotante e risentito, così rivoltato e bellicoso. Che cos'è che ti ha ferito, Perdu, perché hai tanta voglia di vendetta? Contro chi? E contro cosa? E non pensi sia vile prendersela con chi è più debole di te, non capisci che è meschino? Ti scagli contro una bambina che gioca a fare la grande, ma non lo vedi che è più impaurita di te e che tutto quel travestimento serve solo a farla sentire più forte in un mondo maschile che non la considera affatto come persona ma la vuole solo come un corpo crudo da calpestare?

Perdu non risponde. Alza le spalle e si chiude in bagno. So che si è acceso una canna, perché l'odore filtra da sotto la porta e mi solletica le narici. Non è cattivo l'odore dell'erba che brucia. Mi hai sentito tante volte, Perdu, auspicare la legalizzazione della marijuana. Se fosse autorizzata, non ti nasconderesti in bagno a fumare, e non andresti a trattare con certi spacciatori senza scrupoli che ti portano via un sacco di soldi per una merce che potrebbe essere molto più a buon mercato. Ma lui si ostina a non rispondere. Se ne sta attaccato alla sua sigaretta rollata, come se da quella dipendesse il suo futuro di leoncino che ha divelto le pareti della gabbia per tornare nella giungla, trionfante e sazio.

Cosa è che trasforma un figlio in un dilemma angoscioso? Dove ho sbagliato? Cosa ho fatto per permettere che si riducesse così? Eppure, guardando indietro, non trovo niente di offensivo da parte mia nei suoi riguardi. L'ho sempre trattato con rispetto e tenerezza. Gli sono stata troppo addosso? Ma no, gli ho lasciato tanti di quegli spazi di libertà che i suoi compagni se li sognano. Fino a qualche anno fa abbiamo fatto molte cose insieme, come due amici per la pelle. Da quando suo padre se n'è andato in America e si è sposato con un'altra donna, siamo stati lui ed io, soli, più poveri di prima, ma contenti di dividere la piccola casa ereditata dai miei, felici di andare ospiti da amici al mare in estate, felici di passare ore a leggere seduti accanto sulle sdraio in terrazza, felici di mangiare insieme nel cucinino la cui finestra dà sui rovi del Lungotevere. A me piace cucinare e mi divertivo a friggere i fiori di zucca che lui ama, mettendo al forno le patate col rosmarino, che vengono croccanti e profumate: «Mi raccomando, mamma, che siano molto cotte, ma non scotte, solo cotte, con una bella crosta profumata!».

Mentre giravo la crema col latte e il burro e l'uovo per riempire le conchigliette di pasta frolla di cui eri ghiotto, chiacchieravamo del tempo che passa e che appare così diverso dal tempo dell'orologio. «Tu dici che il tempo non esiste, mamma, ma che significa?» «Se metti il naso per un solo momento nei tempi dell'universo, dove si calcola lo spazio in miliardi di anni, capisci che il concetto del tempo che abbiamo noi è un fatto squisitamente umano. Ci accaniamo su quel patetico oggetto che chiamiamo "orologio" e calcoliamo i minuti, le ore, gli anni. Ma il tempo del cosmo spazza via tutto, è circolare, incalcolabile, brutale e insensato, capisci quello che voglio dire? Noi siamo come quei moscerini che vivono solo qualche ora. Probabilmente anche loro hanno un piccolo orologio nella mente che dà loro l'impressione di vivere a lungo, sezionando i microattimi della loro vita. È una questione di punto di vista. Il tempo è la cosa più misteriosa e terribile che io conosca, ma tu non ci pensare, hai tutta la vita davanti.»

Era crudele dirgli queste parole, perché il tempo a lui l'aveva pietrificato. Pietra e nuvola gli appartenevano come consistenza, un poco solido e un poco evanescente, era lì a frullare nel mio tempo di madre, come una piccola meravigliosa farfalla. «Che buona questa crema, mamma, posso prendere un'altra conchiglietta?» «Ne hai già ingollate tre, Perdu, ti faranno venire il mal di pancia.» «Ma una sola, che male c'è? Sono così piccole queste conchiglie e poi sono sicuro che non avrò il mal di pancia, anzi te lo prometto.» E ridevamo insieme della tua ingordigia e della mia crema catalana e delle conchigliette di pasta frolla che si facevano mangiare con tanta facilità.

16

Eppure io mi ostino: voglio entrare nella testa caparbia di mio figlio per fargli capire come ha lavorato la storia per forgiare due creature così diverse e in contrasto perenne, come fossero due nemici senza in realtà esserlo. E poiché ho cacciato il naso negli anfratti del Medioevo per scrivere un libro su santa Chiara, gli parlo della Chiesa cattolica, che è sempre stata sensibile ai valori del sacrificio e del dolore, che dà grande credito alle parole scritte dai suoi Grandi Padri, dimenticando le semplici e rivoluzionarie parole di Cristo. San Tommaso d'Aquino, per esempio: ti ricordi che l'abbiamo letto insieme, Perdu? Ti ricordi che mi sono tanto sorpresa nell'apprendere che considerava la femmina *ignobilior et vilior*, ovvero più ignobile e vile dell'uomo, per la sua vicinanza alla natura? Rammento di avere fatto un salto nel letto e tu, che forse dormivi raggomitolato come una pecorella ancora senza peli, ti sei svegliato e mi hai dato un calcio che ha fatto tremare la cupola della mia pancia di donna in attesa.

La parola e il pensiero sono maschili per questi grandi pensatori, hai capito, Perdu?, e che la femmina sia solo natura non glielo leva nessuno dalla testa. E la natura per antonomasia è infida, pericolosa, inaffidabile. Chi ama il pensiero, la ragione, l'intelligenza, la civiltà, deve diffidare e stare alla larga da quelle creature selvagge e saldate alla natura per via del loro sangue mensile e delle loro gravidanze che sono le donne, tutte le donne, sia ricche sia povere, che siano contadine o borghesi o nobili. Il male appartiene al loro corpo e non c'è rimedio se non controllo, sacrificio, castità rigorosa e amen.

E ancora una volta torno a chiedermi: perché l'amore sessuale fa tanta paura ai Padri della Chiesa che, di tutte le invenzioni della natura, lo considerano decisamente il più malefico, più pericoloso? "Come riusciremo a incatenare questa belva?" scrive san Giovanni Crisostomo del desiderio sessuale verso le donne, "quale freno le imporremo? Io non conosco altro che l'inferno." Ecco il rimedio: gettare nel grande calderone infuocato queste donne che hanno la mania di innamorarsi, di fornicare, di restare gravide. Un vero obbrobrio che andava castigato e punito. Eppure qualcuno alzava il dito titubante e chiedeva: ma come farà la specie a perpetrarsi se condanniamo con tanto rigore l'accoppiamento fra uomo e donna?

La riposta della Chiesa è ferocemente univoca: "Non è la logica che ci interessa, caro amico, ma la perfezione. E la perfezione sta nella castità e nel donarsi a Dio". "Che lo facciate voi preti" ribatte qualcuno "è comprensibile, ma la gente comune, i civili, perché dovrebbero privarsi di un piacere squisito che per giunta porta un frutto meraviglioso che poi diventerà uomo e imparerà a inginocchiarsi davanti al suo creatore?" "Solo Dio crea, l'uomo conserva, cura, ma non crea. Dio ama e crea e non ha bisogno di quella cosa sporca che è l'atto sessuale. Il desiderio si deve sublimare e passare attraverso un progetto di preghiera e di astinenza."

Perché è sporco il sesso? Perché è così insidioso e pericoloso? Mentre tutte le religioni esaltano e santificano la sessualità come principio di vita, la religione cattolica pretende da un corpo carnale soprattutto la purezza sessuale, ovvero una astinenza totale, una rinuncia definitiva ai piaceri del corpo, considerato materia e sudiciume, corruzione e perversione. Ti pare giusta tutta questa sessuofobia, Perdu mio? Tu non saresti mai stato concepito se una ragazzina bionda e un giovane bruno che voleva portare sulle tele il mondo intero non si fossero incontrati, amati e legati da un vincolo matrimoniale che non poteva escludere il piacere sessuale. Non è che sesso e conoscenza fossero uniti in un nodo pericoloso e perverso?

"Non lo fo per amor mio ma per far piacere a Dio" portavano ricamato sulla camicia da notte, in rosso, le nostre bisnonne. Si giaceva insieme chiudendo gli occhi e trattenendo il respiro per ubbidire, chi col disgusto in gola, chi col dovere di ingravidare un ventre che scodellasse dopo nove mesi un figlio che avrebbe portato il nome della famiglia, curato i vecchi genitori, ereditato i beni famigliari facendoli fruttare come di dovere. Se poi lui avesse troppo sofferto della castità – l'uomo è uomo, bambina, ricordalo! – avrebbe trovato come consolarsi con dei giovani corpi a pagamento. Lei lo avrebbe aspettato ricamando e pregando nella sua casa accanto al camino acceso.

Mi chiedo se questo orrore del sesso non costituisca un mistero oscuro, qualcosa di insensato e indicibile che abita nella nostra religione e quindi nella nostra cultura. Mi chiedo se l'esempio di un Cristo solitario, senza mai una compagnia femminile, non abbia dato esca a questo odio della sessualità. C'è qualcuno che ha mai pensato a Cristo che fa l'amore? Se fossimo nel Medioevo, Perdu, mi avrebbero già condannata alla tortura per avere posto queste domande eretiche. Il sesso, perfino a pensarlo, era un peccato di eresia. Puoi immaginare quanta passione repressa immagazzinassero queste creature votate a Dio. Che poi magari sfogavano in gesti rabbiosi, sadici.

Da qualche parte doveva pure andare quella energia erotica che tutti i corpi umani posseggono. Nelle torture della Santa Inquisizione? Non esiste un altro esempio più crudele e insensato di questo sadismo istituzionalizzato ed eseguito in nome di Dio dai tribunali dell'Inquisizione. Ma si può dire che perfino nel semplice e popolare interrogatorio che si tiene all'interno di un confessionale ci siano qualche volta dei momenti di oscenità: «Quante volte ti sei toccata? A cosa hai pensato mentre ti toccavi? Guarda che Dio ti tiene d'occhio e sa pure dove hai le mani mentre dormi. Hai avuto pensieri peccaminosi?».

«Hai sognato di denudarti e ballare sotto la luna? Ti senti nuda anche quando sei vestita? Hai mai visto un pene maschile? L'hai toccato? Ti sei fatta toccare? Dove e per quanto tempo? La tua anima è dannata, cara bambina, non so se sarai perdonata. Ora pentiti e prega e vai a casa e non uscire più per nessuna ragione.» Dietro quella grata si sentiva un fiato caldo e asciutto. «Sei troppo fragile, creatura di Dio, ricorda che il tuo corpo non ti appartiene, è solo qui di passaggio e presto ritornerà a Dio. Cosa gli vuoi portare, uno straccio sporco di escrementi? O una colomba dalle ali candide che volerà libera in un cielo pulito?»

«Prega san Paolo, piccola pervertita.» Ma veramente mi dovevo considerare una pervertita perché mi ero toccata, da bambina, poco prima di addormentarmi, nel segreto del mio letto? «Ricorda le parole di san Paolo, piccola peccatrice. Le donne devono coprirsi la testa perché non sono state fatte ad immagine di Dio. "L'uomo non deve coprirsi il capo perché egli è immagine e gloria di Dio. Infatti non l'uomo deriva dalla donna ma la donna dall'uomo, né l'uomo fu creato per la donna ma la donna per l'uomo, per questo la donna deve portare sul capo un segno della sua dipendenza a motivo degli angeli."»

Tu non hai mai letto queste parole, Perdu. Non vengono infatti ricordate ai ragazzi. La donna non può insegnare, né porsi come testimone in tribunale, né esercitare la cittadinanza né fare il giudice, comunque non può esercitare alcuna autorità: è questo che scrive san Paolo in una *Lettera a Timoteo*. Nella chiesa di Pescasseroli, una bella chiesa Normanna dalle alte volte eleganti, c'è una enorme statua di san Paolo. Accanto a lui si erge un san Pietro calvo, rigido e maestoso; sulle labbra mantiene un leggero sorriso rassicurante, e tiene in mano un cartiglio arrotolato. Al suo fianco, dall'altra parte della navata, san Paolo, dotato di barba e baffi, sembra intento a guardare il futuro, ma ha sguardo minaccioso e mani gigantesche pronte a colpire chi non ascolta le sue parole.

Sapeva o non sapeva il nostro amato san Paolo che con queste asserzioni contraddiceva le parole di Cristo, sempre molto rispettose e gentili nei riguardi delle donne? Sapeva o non sapeva che Cristo, quando è risorto, è apparso a tre donne e si è rivolto a loro con voce dolce ma sicura: Andate a dire ai miei discepoli che sono risorto! Lo sapeva? Era una cosa gravissima, Perdu, per una epoca in cui alle donne era proibito testimoniare. Ma san Paolo era così preso dalla fondazione della sua Chiesa che doveva dominare il mondo intero, da non soffermarsi sul destino delle donne che per lui assomigliavano molto alle galline che razzolano in un cortile, inquiete, noiose, stupide, chiacchierine.

Perfino il santo più irregolare e coraggioso della storia della Chiesa, sant'Agostino, scrive parole sprezzanti contro il mondo femminile. Senti, Perdu: "La donna è con suo marito a immagine di Dio [...] ma quando è considerata come aiuto, proprietà che è esclusivamente sua, non è a immagine di Dio; al contrario l'uomo, in ciò che non appartiene a lui, è immagine di Dio". Eppure aveva avuto una madre, santa Monica, intelligente, colta e autonoma. Ma evidentemente l'ideologia faceva da velo alla osservazione del mondo. Questo è il pericolo di ogni fede: bisogna credere, dicono i fanatici, dettando norme astratte, senza soffermare la propria attenzione sulle persone, sulle cose, sui fatti, sulle contraddizioni, sui cambiamenti storici.

Sto leggendo un bel libro di Jasmina Khadra, intitolato *Khalil* e pubblicato da Sellerio, e tu lo sai, Perdu, perché ti vedo che occhieggi e cerchi di correre sulla pagina prima di me. Nel libro si racconta di un gruppo di jihadisti che preparano un attentato. Sebbene siano nati in Francia e parlino il francese, si sentono ancora e nonostante tutto profondamente arabi e musulmani. Sono ragazzi e pensano in termini astratti: "I nemici cristiani ci hanno tenuto in disparte con disprezzo, il popolo francese odia gli stranieri e li tratta come cani". A tutto questo vogliono rivoltarsi e, meditando la vendetta in nome di un dio intransigente e feroce, organizzano un terribile attentato. A uno di loro però, all'ultimo momento, non funziona la cintura imbottita di tritolo e il ragazzo si trova vivo in mezzo a decine di morti, fra cui una sua amatissima sorella gemella. Da lì comincia un cambiamento interiore che lo porterà alla consapevolezza.

Le folle viste in astratto, con il tipico disprezzo delle ideologie assolute, appaiono fatte di ombre nemiche, sudice, volgari, blasfeme, contro cui non si può non infierire. Viste da vicino cambia tutto: improvvisamente appaiono le facce devastate dalle lame, gli occhi di chi ha paura, il corpo di chi muore bruciato vivo, le parole di chi grida aiuto. Se poi fra questi corpi feriti ci trovi una sorella amata, in un solo istante capisci l'orrore delle ideologie, che siano politiche o religiose, quando cancellano l'essere umano per sostituirlo con delle formule prive di vita.

17

Per qualche millennio, caro Perdu, le donne sono state tenute nell'ignoranza, salvo qualche raro caso di raffinata cultura che veniva visto come fenomeno da baraccone. La loro condizione non era molto diversa da quella degli schiavi: prestazioni e lavoro in cambio di vitto e alloggio. Non avendo accesso alle scuole, crescevano ignoranti e ingenue. E così era facile fare loro credere che dovevano adeguarsi ai precetti più irrazionali e perversi imposti dall'alto. Non veniva neanche loro in mente che avessero dei diritti sistematicamente calpestati. La inferiorità femminile era stata sancita da Dio. Ci si poteva mai mettere contro Dio? La partecipazione alla vita sociale e alla guida delle città era loro interdetta ma nello stesso tempo le si accusava di non capire niente di politica. Si impediva loro di avvicinarsi alla filosofia, e subito dopo le si accusava di essere chiuse in un mondo di pettegolezzi e di non interessarsi alle idee e alla ragione.

Mi vengono in mente le parole di una grande poetessa messicana della fine del Seicento, suor Juana Inéz de la Cruz – tu eri con me quando ho scritto il testo teatrale che abbiamo rappresentato nel piccolo teatro sotterraneo della Maddalena, te lo ricordi? Avevo a disposizione solo due attrici, ma dovevo fare sentire il convento, te lo ricordi? Forse me l'hai suggerito tu il trucco: ho alzato una parete di carta con dietro un faro e una delle attrici passava davanti alla luce proiettando l'ombra del suo corpo sulla parete, una, due, dieci volte, e lo faceva così bene e in fretta che la gente credeva di vedere davanti a sé le figure di tante suore che, in fila indiana, si dirigevano verso la chiesa.

«Hombres necios que acusáis
a la mujer sin razón,
sin ver que sois la ocasión

de lo mismo que culpáis.
Si con ansia sin igual
solicitáis su desdén,
¿por qué queréis que obren bien
si las incitáis al mal?»

La voce di Prudentia Molero, l'argentina di casa a Trastevere, suonava ariosa nel piccolo teatro di via Belsiana e Paola Pozzuoli le faceva eco, piccola, rivoltata, con i grandi occhi neri luminosi.

«Uomini stolti, che accusate
le donne senza discernimento,
e non vedete che siete voi l'occasione
della debolezza di cui le accusate.
Perché chiedete che agiscano bene
se le incitate al male?
Combattete la loro resistenza
e poi con gravità
dite che fu leggerezza
quello che fece la diligenza.
Il coraggio della vostra bizzarra

opinione sembra volere assomigliare
a quel bambino che chiama l'orco
e poi scappa impaurito.
Che carattere può avere e
che considerazione chi
appanna lo specchio
e poi si lamenta che limpido non è?
Nel favorire e nello sdegnare
mantenete un'indole uguale.
Vi lamentate se vi maltrattano,
vi burlate se sono generose e gentili.
Nessuna riuscite a stimare
poiché se vi chiude la porta la chiamate ingrata,
se ve la apre, lasciva.
Come dovrebbe comportarsi colei
che al vostro amore pretende
se la grata vi offende
e la allegra vi scandalizza?
Fra la noia e la pena
che il vostro gusto esprime,
ben venga quella che non vi vuole affatto
e se volete lamentarvi, fatelo pure!»

Ma tornando all'Italia, ricordi che ti ho raccontato la storia di Maria Gaetana Agnesi, ragazza intelligentissima, vissuta nel Settecento, che parlava nove lingue, e aveva un talento matematico che stupiva i grandi dell'epoca? Per la straordinaria fama di sapiente che aveva, l'Università di Bologna, che non ammetteva donne né fra gli insegnanti né fra gli alunni, fece una eccezione e le offrì una cattedra. Gaetana prese a insegnare ma dopo un anno si dimise dicendo che si sentiva, per l'appunto, un "fenomeno da baraccone", sola donna in mezzo a tanti uomini, che andavano a toccarla per vedere se veramente fosse fatta di carne. Aprì una scuola per i figli dei contadini e subito dopo fondò un ospedale e andò a vivere fra le malate come infermiera e serva. Un bellissimo personaggio che nessuno ricorda. La memoria storica tende a dimenticare le donne di coraggio che potrebbero essere di esempio per le ragazze di oggi.

Forse qualcosa di lei si può trovare in Rita Levi Montalcini. Anche lei ha avuto la vita difficile, anche se è vissuta nel Novecento, secolo di grandi conquiste di diritti civili e di grandi emancipazioni femminili. Ricordo di averla intervistata e di averla trovata sorridente e piena di racconti umoristici. Mi ha detto fra l'altro che aveva rinunciato a farsi una famiglia, anche se l'avrebbe desiderata, perché il suo lavoro di ricerca era talmente ingombrante che non le lasciava il tempo di pensare ad altro. «E come avrei potuto dedicarmi a dei figli che pure avrei molto voluto?» Ma lo diceva sorridendo, senza rimpianti, insistendo su piccole avventure, come quando si era trovata dei topolini in tasca ad una cena di gala e non sapeva dove metterli: erano i topolini con cui faceva gli esperimenti, ma che evitava di uccidere, per cui poi le si affezionavano. Ha vinto il premio Nobel nel 1986.

18

Le ideologie sono a volte di una brutalità impietosa, Perdu mio. Mi ascolti, avvolto come sei nel fumo di una erba che ti stordisce e ti rende lontano ed estraneo? Ma io insisto, perché so che hai una buona memoria e in futuro, forse fra una decina di anni, ripenserai alle parole di una madre che, nella tua spavalderia adolescenziale, hai lasciato sola. Confido nella tua intelligenza, forse ti appassionerai alla storia e ti renderai conto che è sempre stata scritta dai vincitori e che esiste anche una controstoria, quella vissuta e patita dai vinti, ma che spesso non trova posto nel grande racconto della evoluzione della specie umana. Può solo essere immaginata nel suo splendido sapore di sconfitta.

Per chi invece crede di essere nel vero, e che questo vero riguardi il destino del mondo, non ci sono ripensamenti, dubbi, osservazioni personali. Tutto è già stabilito e inciso nella pietra. Mi viene in mente il bellissimo personaggio di Ipazia: ti ho raccontato la sua storia, Perdu, te lo ricordi? Intelligentissima e coltissima custode della biblioteca di Alessandria, insegnante di matematica, di filosofia e astronomia, aveva fatto tante scoperte sul cosmo. Ipazia viene uccisa brutalmente dai fanatici cristiani nel 415, proprio per la sua scienza e la sua libertà intellettuale.

Una donna che legge, che studia, che si informa, che scrive, che si costruisce una sua propria autonoma idea sul mondo non finirà per offendere il Padre di tutti i Padri, il severo Signore dell'universo? Così pensano ancora i fanatici, e non esitano a mettere un bavaglio sulla bocca delle donne perché non inquinino l'aria col loro pensiero personale. La libertà sessuale, il controllo del proprio corpo, Perdu, è la strada che porta alla conoscenza.

Nell'antica Grecia solo gli Stoici e i Cinici credevano che l'insegnamento dovesse essere allargato anche al genere femminile e le cittadine dovessero avere uguali diritti degli uomini. Si racconta che le spartane godessero di diritti negati alle donne di altre città greche. Forse è vero solo in parte, ma certamente la partecipazione agli sport all'aperto, alle manifestazioni pubbliche, un certo spirito laico dava loro una possibilità di uscita dalla prigione della casa.

Il pensiero autonomo, te lo ripeto, Perdu, perché ti entri in testa, fa paura a tutti i fanatici e a tutti gli intolleranti del mondo. Non a caso l'Isis di oggi se la prende con le bambine che vanno a scuola. A una hanno sparato addirittura in testa perché con la sua morte desse un esempio del pericolo che corre un cervello che pensa, peggio se femminile. Per fortuna la pallottola ha preso una via traversa e non ha leso il luminoso cervello di Malala Yousafzai. Non immaginavano certo che sarebbe sopravvissuta, la piccola e coraggiosa ragazzina pakistana che è diventata la difesa vivente del diritto all'istruzione per le ragazze.

«Ma perché non si ribellano le bambine a cui viene impedito di studiare?» chiedi petulante nella tua esuberanza adolescenziale. Senza sapere che quando una intera società si lascia sedurre dall'incantesimo della religione unica e di un capo assoluto, diventa impossibile mettersi contro il potere. Chiara di Assisi, in quei lontani e intolleranti primi anni del XIII secolo, rischiava di essere considerata una eretica e sarebbe stata bruciata viva, oppure poteva essere gettata fra le pazze, considerate pericolose per sé e per gli altri, se non fosse diventata talmente popolare da trattenere la Chiesa dal condannarla.

"In verità le donne sono di razza debole, indegne di fiducia, di mediocre intelligenza" scrive Epifanio di Salamina (314-403). Epifanio fu uno dei primi vescovi della Chiesa ortodossa, famoso per avere combattuto le eresie, e si mostra particolarmente severo con le donne, quasi fosse colpa loro la diffusione delle miscredenze. Ma il suo pensiero in quegli anni non era considerato aberrante o anche solo anomalo. Era il pensiero di una cultura che si credeva prediletta da Dio, che si accingeva a conquistare il mondo intero, imponendo la propria fede anche con la forza, se necessario.

Ma voglio che ascolti di nuovo anche le parole di san Tommaso d'Aquino, che riprende Aristotele: "Un feto maschile diventa essere umano in quaranta giorni, come dice il Filsofo nel nono libro del *De animalibus*, un feto femminile dopo ottanta giorni [...] Le femmine nascono a causa di un seme guasto o di venti umidi". Non ci vedi qualcosa di arrogante e arbitrario in queste parole? Una bambina, già nel ventre di sua madre era da considerarsi inferiore per legge naturale e per destino. Ti sembra una cosa giusta?

"Sono più o meno tutti d'accordo i Padri della Chiesa nell'affermare un sistema di educazione basato sulla inferiorità mentale e psichica delle donne e sul bisogno del dominio e del controllo sui loro corpi. E non si trattava di terroristi alla Isis, o di una setta di fanatici ascoltati da pochi fedeli, ma dei fondatori della morale pubblica, coloro a cui si ispiravano gli educatori, gli insegnanti, i buoni padri di famiglia e le buone madri, anche se qualche volta si rendevano conto della profonda ingiustizia di quelle dichiarazioni." Questo l'ha scritto tua madre qualche anno fa mentre studiava il pensiero del Medioevo per raccontare la storia di Chiara di Assisi.

So già cosa risponderesti se avessi il dono della parola, mentre nuoti in quel morbido e squisito liquido amniotico che ti nutre, ti protegge, ti culla e ti fa crescere nella beatitudine. So che diresti: Mamma, erano tempi diversi, le cose sono cambiate. Lo so, anima mia, ma le radici sono radici che pescano in profondità, e noi non nasciamo nuovi e innocenti dalla terra nuda, ma siamo figli della storia, nel bene e nel male. "*Nescire autem quid ante quam natus sis acciderit, id est semper esse puerum*". Non sapere cosa sia accaduto prima della tua nascita sarebbe per te come restare sempre un bambino: lo scrive Cicerone nell'*Orator* cento anni prima di Cristo, pensa un po', e sembra calzare proprio al tuo caso, Perdu. Ne terrai conto?

Vorrei che tu capissi, Perdu, che c'è una lunga e larga filosofia che ha legittimato il concetto di padronanza e che in quelle certezze ci siamo ancora dentro, uomini e donne comprese. E anche tu, devo dirtelo sinceramente, quando hai smesso di solidarizzare con tua madre, quando non l'hai più considerata una persona ma una funzione e hai tenuto a essere accettato dai tuoi compagni, anche tu Perdu hai assorbito il concetto di padronanza.

Ti sei sentito a tuo agio dentro quell'abito, ti sei pavoneggiato e hai cominciato a osservarmi con quello sguardo di alterigia e commiserazione che mi faceva venire i brividi lungo la schiena. Vorrei che tu capissi da dove vengono certi tuoi atteggiamenti di superiorità. Vorrei che tu facessi lo sforzo di metterti nei panni delle donne, pur essendo uomo. Una cosa troppo difficile? Eppure io ho fiducia nella tua intelligenza, nella tua immaginazione, e ti chiedo di fare un grande e profondo esercizio di memoria e di fantasia, che ti renderanno più ricco e più umano. Ci stai?

19

Caro Perdu, che mi sei vicino e lontano come lo sono i sogni più lucidi e ariosi. Immagina di essere nel 300 a. C., il mondo greco era il più avanzato, il più creativo dell'universo intero. Era un popolo visionario e le sue visioni sono ancora lì che camminano sulle nostre strade. Un popolo capace di creare miti, raccontare favole incoraggianti ma anche dare vita a magnifiche invenzioni che riflettono lo spirito umano. «E la Cina dove la metti, mamma?» dice il mio Perdu, che sta cominciando a interessarsi di storia. L'ho visto di nascosto che apriva un libro di geografia finora mai degnato di uno sguardo.

Sto parlando del mondo occidentale, figlio mio. Immagina Aristotele, l'avrai visto in qualche quadro, in qualche film col suo barbone arricciolato, un uomo piccolo, dalle gambe storte, non bello ma dagli occhi scintillanti e una voce che, quando la sentivano, gli Ateniesi rimanevano incantati ad ascoltarla. Era come una musica la sua voce e tutti ammutolivano quando lui parlava. Ebbene, questo grande oratore, questo scienziato, scrittore, maestro di filosofia, esperto dell'animo umano, matematico eccellente e testa fiorita di grandi e coloratissime corolle profumate, questo Aristotele senti cosa scrive: "Le donne sono maschi sterili".

E senti come spiega questa sterilità: "Le donne sono maschi sterili poiché non possiedono sufficiente calore naturale, per questo sono incapaci di cuocere il loro liquido mestruale fino al punto di raffinatura col quale diverrebbe sperma. Perciò il loro solo contributo all'embrione è la materia". Cervellotico e offensivo, non trovi? Le donne sono inferiori secondo Aristotele perché non hanno abbastanza forza vitale per creare il seme da cui nascerà l'uomo. E quindi il figlio sta nel loro ventre per caso, giusto per ingrassare. La scintilla, lo splendore di quella scintilla divina che accende l'intelligenza, la consapevolezza e la parola, quella scintilla si trovano nel seme maschile.

Molto simile al discorso di Eschilo, che aveva praticato i misteri Eleusini, te ne ho parlato, ti ricordi? Ma ascolta ancora le parole del grande Aristotele, perché non è finito: "Solo l'uomo è un essere umano completo. La relazione fra maschio e femmina è per natura tale che il maschio è più alto, la femmina più bassa, l'uomo domina e la donna è dominata". Ti pare la conclusione di un uomo razionale? Eppure Aristotele era di una intelligenza cristallina e acutissima quando parlava di stelle, quando parlava di società, quando parlava dei rapporti dell'uomo con gli dèi, dell'uomo con l'arte. Quando invece arrivava a parlare di donne, diventava irrazionale, completamente accecato dai suoi preconcetti. Ma chi poteva mettere in dubbio le parole di un tale profondo pensatore?

Forse il solo che abbia riflettuto sulle donne con qualche considerazione, perlomeno quando racconta il suo mito di un meraviglioso mondo del futuro, è stato il re della filosofia greca, Platone il sognatore. Nella sua Repubblica ideale, Platone ci metteva anche le donne, che dovevano avere gli stessi diritti degli uomini. E questo nonostante le considerasse degli esseri imperfetti. Si trattava solo di giustizia. Come cittadine avevano diritto alla parità, ma in natura era tutto un altro discorso: "Solo i maschi sono creati direttamente dagli dèi e sono forniti di anima. Coloro che vivono in rettitudine ritornano al cielo ma coloro che sono vili o vivono da malvagi si può con ragione supporre che trasformino la loro natura in quella di donna in una seconda generazione". Insomma, il massimo castigo per Platone era venire trasformati in donne per essersi comportati male da uomini.

Perfino Epicuro che io ho molto ammirato per la sua sobria, ironica e spartana visione del mondo come luogo di passaggio dove tutti gli esseri viventi hanno uguale dignità, perfino Epicuro, che generosamente rivendicava pari diritti per le cittadine, poi specifica che questo può accadere ma solo all'interno della sua scuola filosofica che con grande spirito democratico accettava anche schiavi e stranieri. Ma si riferiva a un piccolo gruppo di privilegiati, contagiati dalla sua grazia intellettiva. Fuori da quel mondo di grazia, le donne tornavano a essere incapaci e inutili.

Non lasciare la mia mano, Perdu. Ti sto tirando dentro la nuvola del pensiero speculativo. Lo so che a te piace ragionare. Come piace a tua madre. Non abbiamo ragionato tante volte insieme quando mi chiedevi con insistenza: «Perché il cielo è azzurro, mamma? E perché gli uccelli volano? E perché gli uomini discendono dalle scimmie? E perché i papà se ne vanno lasciando le mamme?». Non sempre sapevo cosa risponderti. Ma cercavamo insieme le radici delle cose. Ti dicevo: «Aspetta che prendiamo il libro di Darwin e vediamo cosa dice della evoluzione della specie». Oppure: «Prendiamo il libro di Stuart Mill e vediamo cosa dice a proposito del matrimonio?». O ancora: «Leggiamo il libro di Anna Maria Mozzoni, che ha messo il naso nelle contraddizioni dolorose di certe famiglie tradizionali che si basavano sull'autorità paterna».

"Cosa può avere elaborato la coscienza storica femminile in tanti secoli di teorie razziste? Il masochismo femminile lo si può considerare una difesa di sopravvivenza? Se non c'è rimedio alla sopraffazione, forse il solo modo di affrontarla non sarà quello di adeguarsi ad essa, dichiarare di amare quella tirannia facendone materia di seduzione e di perversione della logica interiore?" Cito le parole che tua madre ha scritto nel '93 in un piccolo libretto che non è stato molto letto. Si chiamava *Un clandestino a bordo*. "Introiettando in profondità l'idea della propria inferiorità, le donne spesso si sono fatte le peggiori nemiche di se stesse e delle altre donne. Innamorate dei padri, li hanno a volte sedotti e ridotti in servitù con le armi dell'eros, come fece Salomè. Il fatto è che non era loro lecito nessun altro mezzo."

Mi vengono in mente certi grandi quadri di Artemisia Gentileschi, in cui un braccio robusto di donna, armato di coltello, taglia selvaggiamente la testa al suo nemico. Era l'interpretazione pittorica della storia biblica di Giuditta e Oloferne: ma cosa si nasconde, secondo te, Perdu, dietro quelle immagini sanguinose e feroci? Anna Banti ha raccontato molto bene la storia di Artemisia, figlia del famoso pittore Orazio Gentileschi. Io l'ho conosciuta Anna Banti. Era una donna elegante, coltissima, sicura di sé. Una volta le ho portato da leggere un mio racconto, e sai qual è stato il suo commento? «Non male, ma questa ragazzina deve ancora mangiare molte minestre.» Mi chiedo se ne ho mangiate abbastanza di minestre.

Tu ancora non eri stato concepito e io giravo per Roma portandomi appresso i miei raccontini, senza trovare grande accoglienza fra i letterati. Solo Alberto Moravia, la persona più libera e allegra, nonostante il cipiglio, che io abbia mai conosciuto, solo lui li ha presi sul serio. Ma è anche vero che si era innamorato. Eppure so che quando, dopo avere letto il mio primo romanzo, mi ha detto: «C'è del talento qui dentro e saprai tirarlo fuori sempre meglio», era sincero. E gliene sono grata perché mi ha dato fiducia e voglia di continuare.

Ma tornando ad Artemisia: vorrei che tu pensassi un momento a lei come a una ragazza di una intelligenza e di un orgoglio eccezionali in una donna del Seicento. Una donna che dipinge, Perdu, era considerata volgare e arrogante. Una che si imbratta di colori, che si rimbocca le maniche per afferrare un pennello e calarlo sulla tela intriso di colore, non compiva forse un atto di presunzione senza limiti? Non era una indecenza rispetto al destino di un sesso votato alla maternità e alla cura della casa?

Questi pensieri venivano in mente ad Agostino, il discepolo di Orazio, grande pittore conosciuto in tutta Europa. E quando a quel giovanotto verrà la voglia di possedere la bella e vigorosa ragazza che gli lavorava accanto, approfitterà di una assenza del maestro per "prenderla a modo suo", ovvero da padrone che conosce i suoi diritti di maschio, non tenuto a chiedere alla ragazza se il suo gesto sia gradito. Artemisia si fidava di lui, non pensava che le si sarebbe buttato addosso con brutalità, stuprandola nonostante i calci e le urla di rabbia.

Agostino non aveva dubbi sulla propria innocenza: un uomo non ha forse il diritto di prendere possesso di un corpo non protetto né da una madre che era morta né da un padre che era spesso assente? Una ragazzina sola, non vigilata né tenuta in soggezione, una che si comporta come un uomo, uscendo da sola per la strada, impugnando il pennello come fosse un suo diritto, cosa poteva aspettarsi? Una "pimpinella" così ardimentosa e dedita a un lavoro maschile, non era forse lecito considerarla una prostituta di cui si poteva fare quello che si voleva?

Agostino sapeva benissimo che la maggioranza dei suoi contemporanei la pensava come lui. Nel fondo del suo cuore c'era probabilmente anche l'idea che quella "pimpinella", come la chiamava lui, andasse punita di tanta audacia. I giudici d'altronde, lo sapeva già, gli avrebbero dato ragione se lei avesse osato denunciarlo. Solo il fatto che fosse una minorenne poteva creargli qualche noia, ma lui avrebbe ben saputo difendersi accusando la ragazzina di depravazione, superbia e arroganza, perfino sfrenatezza sessuale. Chi avrebbe potuto dimostrare il contrario? Le parole di lei non contavano un fico secco.

Artemisia però non demorde: capisci, Perdu? E pensa quanto rischiava quella ragazza in una epoca che scoraggiava ogni talento femminile e reprimeva ogni ambizione come una colpa suggerita dal demonio, e di cui vergognarsi profondamente. Artemisia se ne infischiava di quello che diceva la gente, lei voleva giustizia e così decise di denunciare pubblicamente il suo stupratore, anche se era discepolo di suo padre, anche se lavorava accanto a lei nella bottega di famiglia, anche se sapeva benissimo che i giudici erano mal disposti verso una donna che reclamava i propri diritti, verso una giovinetta che denunciava un abuso che molte altre donne subivano ma tenevano il segreto nel silenzio degli interni famigliari, per non suscitare scandalo.

Artemisia, nonostante il parere contrario del padre, denunciò il suo stupratore e così venne umiliata pubblicamente con un processo ignobile in cui fu fatta passare per mitomane e visitata davanti a tutti in tribunale, dietro un piccolo paravento da due medici di fama, per dimostrare che non era vergine quando era stata stuprata, e insomma alla fine la colpa diventò la sua.

È di questo che si vendica Artemisia in quei quadri rabbiosi? Tu li hai visti con me, Perdu mio, perché io ci sono andata alla grande esposizione delle sue tele e tu assorbivi con i tuoi occhi quello che i miei puntavano. Eri un poco disturbato da quelle bracciotte da contadina che impugnano con tanta passione un enorme coltello. E da quella povera testa di Oloferne che scivola da una parte con ancora dei pezzi di pelle appesi, su cui infierirà il coltello, mentre il sangue macchia le mani, i vestiti della furibonda Giuditta.

Non è troppo? dicevano i tuoi sospiri e devo confessarti che anche io, che rifuggo da ogni forma di violenza, ne ero turbata. Ma sapevo che quel quadro rappresentava un racconto della Bibbia, e ti ho menzionato la storia di Artemisia per farti capire tutta quella passione nell'uccidere. Non si trattava di una vendetta privata ma di un atto eroico con cui la ragazza coraggiosa liberava un popolo dal suo nemico. È una terribile storia ambientata al tempo di Nabucodonosor, re degli Assiri, capisci?, nella piccola città di Betulia assediata dall'assiro Oloferne. Giuditta salva il suo popolo fingendo di volere fare l'amore col generale per poi tagliargli la testa nel momento dell'impeto d'amore.

Duro da mandare giù per la sensibilità di oggi, ma siamo nel VII secolo a.C., Perdu, bambino mio, e la vendetta era ancora considerata la sola forma di giustizia possibile. Perfino la Bibbia poco dopo ripeterà il concetto che chi ama la giustizia dovrà farsela da solo, "occhio per occhio, dente per dente", come aveva fatto lo stesso Dio, l'amorevole Dio dei Giudei che tutto perdonava e tutto amava, eppure quando condannava il male usava l'arma della vendetta più crudele. Ricordi Sodoma, la città dove si praticavano riti sessuali proibiti? Nella sua ira vendicativa il Signore dei cieli la rade al suolo, con tutti i cittadini dentro, colpevoli e innocenti. Pensa a quanti bambini sono morti senza sapere neanche perché. Ora forse capisci che Artemisia non aveva altro modo di esprimere la sua indignazione, il suo odio per l'affronto subìto e non riconosciuto.

20

Mano mano che cresci, Perdu, mi sembra di perderti di vista. Mi è sempre più difficile seguirti. Eppure non ti ho mai abbandonato col mio sguardo trepido. Ma tu scappavi. E io non volevo darti l'impressione di correrti dietro. Volevo farti sentire libero, anche se non rinunciavo a tenerti d'occhio ma di lontano e con discrezione, per paura che ti facessi male. Da quando hai compiuto quattordici anni a quando ne hai avuti diciotto, credo di avere vissuto malissimo la mia parte di madre, attenta alle tue trasformazioni, spaventata dalle idee e dai modi che prendevi fuori casa e che facevi tuoi con accanimento.

Non volevo essere oppressiva, ti stavo accanto in silenzio, senza mai incalzarti o rimproverarti. Volevo che tu arrivassi da solo a capire che i tuoi pensieri avevano preso una piega malsana: pieni di livore, di rancore, di rabbia e violenza. Pensavo che tutto dipendesse dalla tua età ingrata. Si riprenderà una volta superata la pubertà, mi dicevo. Ma non era così. Il guasto era più profondo e toccava corde che io non avevo previsto né immaginato. Il tuo piccolo cuore di maschio si stava irrobustendo e ti trovavi in contraddizione con tutto quello che ti avevo insegnato come donna consapevole dei propri diritti.

Una questione di identità, Perdu? Possibile che la tua identità di maschio, partecipe di un piccolo ma coeso gruppo sociale, per te fosse più importante del nostro sodalizio, della nostra amicizia, del nostro affetto? Capivo che stavi combattendo una battaglia dolorosa: da una parte la carne della tua carne, una madre che ti ha nutrito e allevato, che ti ha amato e ti ama ancora, e dall'altra il tuo mondo maschile fatto di solidarietà generazionale, di passioni calcistiche, di disprezzo verso le donne, di imprese goliardiche che sono prove e sfide necessarie, come riti di passaggio, per transitare da una età all'altra. Certamente qualcosa dentro di te si ribellava alle pretese dei tuoi amici. Certamente capivi che molte delle loro azioni erano ingiuste e dispotiche. Ma volevi essere accettato. Volevi essere uno di loro, e per fare questo dovevi rifiutarmi, dovevi provare a camminare da solo, sputando sulle mie preoccupazioni, sulle mie apprensioni, sui miei deboli progetti per il futuro.

Il tuo piccolo mondo di amicizie maschili ti stava rubando non solo a me e al mio affetto, ma anche alla tua intelligenza, al tuo buon senso, al tuo sentimento della giustizia su cui avevo puntato quando eri piccolo e ti mostravi così sensibile al dolore altrui. Ti avevo tanto parlato dell'immaginazione, che per me è il motore più potente del nostro corpo. Ti dicevo che senza immaginazione siamo morti. È l'immaginazione che ci fa capire il dolore degli altri. È l'immaginazione che ci fa viaggiare nel tempo e nello spazio. È l'immaginazione che ci fa riconoscere le ingiustizie e ci porta a combatterle. Tu mi assomigliavi quando eri piccolo. Credevo che avessimo le stesse idee, gli stessi sentimenti. Credevo, ma sinceramente, che fossimo dotati di una immaginazione febbrile e rigogliosa.

Lo credevo con gioia: il mio bambino, nato e cresciuto dentro il mio ventre, avrà pur preso qualcosa da me, dalle mie convinzioni, dai miei princìpi. Ne ero convinta. Mi sbagliavo. Senza accorgermene, avevo preteso di renderti simile a me e tu avevi acconsentito per anni, forse per farmi piacere, forse per pigrizia mentale, forse per amore filiale, forse per un processo di identificazione. Ma appena hai potuto, ti sei scostato e mi hai condannata per il solo fatto che ero diversa da te, che pretendevo di educarti alla civiltà della solidarietà e della comprensione. Mi sbagliavo. Le madri sbagliano sempre, è così, Perdu?

Quando ti sei accorto che quel processo ti legava a me più di quanto fosse permesso dal mondo dei tuoi coetanei, hai puntato i piedi e ti sei fermato, deciso a non andare più avanti. Quando ti sei sentito chiuso in una gabbia di pensieri e credenze che non avevi elaborato tu ma che avevi accettato come una eredità di sangue, hai cominciato ad allontanarti da me per allearti coi tuoi amici. Alcuni li conoscevo: Armando, che era stato chiamato così in onore di Armando Maradona, un ragazzino magro e bitorzoluto, con un corpo gracile e una testa grande dai capelli folti, gli occhi luminosi e innocenti. E Marco, che tu chiamavi "il matto". Lui era il capo, non votato e non scelto, ma spontaneamente accettato come tale dal gruppo. Forse perché era quello che osava di più, che non aveva paura di niente e si buttava nelle imprese con un'audacia che sorprendeva e suscitava l'ammirazione nei più piccoli.

Era lui che arrivava la mattina e vi proponeva nuove ardite imprese: «Andiamo a rovesciare tutte le cassette del fruttivendolo di via Giordano Bruno! Bruciamo i cassonetti di via Santa Monica! Sputiamo addosso a quel negro! Impicchiamo un gatto al palo della luce e stiamo a vedere». C'era del malumore, da quanto ho capito, all'interno del gruppo per i modi da comandante del piccolo Marco: gambe lunghe e arcuate, braccia pelose, occhi sfuggenti. Lui vi ha insegnato il piacere di procurare dolore. Lui che si eccitava quando vedeva l'allarme negli occhi delle vittime, lui che godeva nel sentir rantolare un gatto, nell'osservare una rana che strabuzzava gli occhi e gorgogliava sputando saliva mentre lui la schiacciava col suo scarpone.

Era lui a preparare i piani, a trovare la vittima, a decidere l'attacco. Era bravissimo nell'intuire i caratteri delle persone. Capiva subito chi era debole e si poteva attaccare facilmente senza provocare reazioni pericolose. Si svegliava con delle idee perverse e scappava di casa senza neanche lavarsi la faccia, per andare a raccontare quello che aveva architettato durante la notte per il gruppo.

Molte volte vi portava dentro case di amici di cui possedeva, misteriosamente, la chiave. «Come hai fatto a prendere la chiave?» «Shhh, non parlare e fai come ti dico!» «Ma chi ti credi di essere, Marco?» «Nessuno, ho solo più cervello di voi, mentre voi dormite, io creo.» A queste parole nessuno trovava da ridire. Nemmeno il grosso Simone, che era due volte più alto e più forte di Marco, ma non avrebbe mai osato affrontarlo, perché lui era come il gigante dall'occhio solo e Marco era il piccolo e furbo Ulisse, che si legava sotto le pecore per uscire dalla grotta e quell'occhio glielo sfondava con un enorme tronco dalla punta infuocata se solo si provava a fermarlo.

Perfino il dolcissimo Alberto, dalla faccia femminile, gli occhi liquidi e tristi, che pure quando agivano in gruppo sapeva essere freddo e disciplinato nel distruggere e fare a pezzi tutto quello che si trovava davanti, cedeva alle imposizioni del capo. Se avessero deciso di uccidere una persona, Marco sarebbe stato il primo e non avrebbe esitato. Per questo si esercitava con gatti e cani. Portava un coltello affilato e sempre pulito in tasca e lo usava sia per sbucciare una arancia sia per ammazzare con un colpo solo una povera lucertola di passaggio.

Cinque o sei ragazzi pronti a tutto. Per gioco, naturalmente. Non rubavano se non per sfregio, non coltivavano odii particolari e non sceglievano le persone su cui accanirsi per qualche ragione comprensibile. Non rispondevano a una ideologia. Non inneggiavano al fascismo come quelli di CasaPound, o altri gruppi con cui qualche volta si scontravano. Non gliene importava niente delle idee. D'altronde ignoravano spudoratamente la storia. Non erano né favorevoli né contrari al razzismo. Solo che non prendevano in considerazione il passato. Sulla storia sputavano e le idee collettive le consideravano cose ridicole per adulti scemi. La vita era per loro una questione di appartenenza. Se appartieni a un gruppo, esisti, altrimenti sei morto.

Fare parte di un gruppo era più importante che appartenere a un Paese, a un partito, a una religione. Tutte cose prive di importanza. Coloro che non rientravano nel gruppo, erano nemici da taglieggiare. Perdu era affascinato da Marco e lo seguiva come un cagnolino. Non osava contraddirlo quando proponeva delle sfide pericolose: «Devi passare sui binari proprio quando senti arrivare il treno. Il capotreno certamente ti avrà visto e si metterà le mani nei capelli. Voglio godermi la faccia dei ferrovieri quando avranno fermato il treno per non investirti e si saranno accorti che sei sparito». E dicendolo rideva mostrando una piccola fila di denti spezzati e ingialliti dal fumo.

Ogni tanto al gruppo si univa una ragazzina pescata non si sa dove. Ma non durava molto. Per provare la sua fedeltà la spingevano verso le imprese più difficili. Poi pretendevano di avere dei diritti sessuali su di lei. Prima il capo, naturalmente. Marco poteva scoparsela quando voleva, ma non si scocciava se anche gli altri, sempre però dopo di lui, approfittavano del corpo della bambina che stringeva i denti e accettava ogni sopruso pur di essere accolta dal gruppo.

Non erano le ragazze ad andarsene via, ma il gruppo a stufarsi. «Sei una patata, non lo vedi che sei goffa, non sai correre veloce come noi, non sai nasconderti, non sai mentire con vera faccia tosta? È meglio che te ne vai a casa.» E così succedeva. Lei protestava, ricordava le imprese a cui aveva partecipato: non era passata da un pertugio per gatti pur di intrufolarsi in una casa sconosciuta, per poi andare ad aprire la porta dall'interno in modo che entrassero tutti? Non aveva intrattenuto il guardiano del canile mentre loro facevano uscire i cani e li liberavano per strada? Non aveva fatto l'amore con un professore perché mettesse un otto nella pagella di Marco?

«'A ragazzina, me stai a rompe' il cazzo. Se ti ho detto, vai, devi andare!» E lei mogia mogia si allontanava e tutti sapevano che non avrebbe mai detto a nessuno quello che aveva subìto. Perché era complice, glielo aveva messo bene in testa il capo: «Se parli, prima di tutto mettono in galera te e non noi perché la pervertita sei tu, sei tu che ci hai fatto entrare nella casa di quell'avvocato famoso, sei tu che la dai via senza neanche chiedere niente in cambio, manco una prostituta! E comunque se parli, vengo io e ti taglio la gola». E le ragazzine non parlavano. Mute come pesci. Nemmeno i ragazzi parlavano. E i genitori non sapevano niente. Ciechi come talpe, per loro bastava che tornassero a casa per il pranzo e per la cena, per il resto non gliene importava un granché di sapere cosa facessero e dove andassero. Si fidavano di quelle faccette angeliche, senza sapere, o senza voler sapere, cosa si nascondesse nei loro piccoli animi rabbiosi e vendicativi.

Erano diventati bravissimi a mentire e recitare. Ottimi attori, con doppia vita, doppio comportamento, doppi gesti e doppia morale. Ubbidienti e gentili in casa, si scatenavano una volta fuori, appena raggiunto il gruppo. Separati dal gruppo non esisteva assolutamente nulla per loro. Ma siccome non potevano mantenersi da soli né prendere una casa insieme perché minorenni, dovevano fare il doppio gioco: sereni e docili, bravi ragazzi in casa, feroci e senza pietà fuori. E tu eri lì con loro. L'ho capito tardi cosa facevi quando dicevi di andare a scuola.

21

Un giorno la tua insegnante mi ha mandata a chiamare: «Perché suo figlio non c'è mai a scuola? Una mattina su sei è troppo poco, cosa fa quando non viene?». «Veramente non lo so, pensavo che fosse in classe qui da voi.» L'insegnante mi ha mostrato un quaderno con le assenze di Perdu. «Lunedì assente, martedì assente, mercoledì assente, giovedì presente, venerdì assente. Non le sembra scandaloso? E lei non ne sapeva niente?» «No, niente.» Cadevo dalle nuvole, il cuore mi galoppava e gli occhi mi bruciavano.

«Le madri sono tutte così» ha detto lei scoraggiata, «non capiscono quello che succede ai loro figli pur abitando nella stessa casa. O forse non vogliono sapere» ha aggiunto maliziosa guardandomi di sottecchi. E io subito mi sono sentita in colpa. Davvero non avevo voluto vedere né sapere? Ero stata così colpevolmente cieca? Ma perché? Per amore di pace? Per viltà? Per non dovere intervenire e scontrarmi con mio figlio? Per paura che mi odiasse? Le donne sono sempre pronte a sentirsi in colpa. Troppe volte si sono sentite dire: è tutta colpa tua, sei una buona a nulla, sei incapace, sei debole, sei senza coscienza, sei smidollata, sei colpevole, sei colpevole, e alla fine si è formata una scritta a caratteri di sangue sulla loro coscienza: "Sono colpevole e devo espiare". Ma come?

Così avevo scoperto che la scuola la marinavi sistematicamente. Cosa fare? Affrontarti direttamente? Chiederti di quelle assenze? Ma sapevo già come avresti risposto: Mamma, non fare la moralista, io vado coi miei amici in giro per la città, al cinema o nei musei, non sei contenta che vedo i quadri che ami tanto? Nei musei? Con un gruppo di amici? Perché no? Noi ci crediamo all'arte, la scuola è una noia insopportabile, e noi andiamo a imparare altrove. Un piccolo Ulisse, ho pensato fra me, menzognero ma nello stesso tempo innocente perché le sue menzogne erano strategie di autonomia. Se avessi avuto qualche anno di più e qualche soldo di tuo, saresti andato ad abitare da solo.

Non sopportavi di dipendere da me. Infatti poi ho saputo che ti facevi pagare da tuo padre, denunciando che io lesinavo perfino sul cibo. Cosa non vera. Te ne davo anche troppi di soldi. Tante volte rinunciavo a un paio di scarpe nuove, che pure mi servivano, per preparare i cibi che preferivi, per pagarti il motorino, le bibite al bar, i maglioni alla moda. Ma era diventato talmente naturale per te mentire, che non avevi nemmeno un sussulto di vergogna, un tono di incertezza che mi potesse mettere in allarme. Eri sicuro di te, assertivo, ironico, superiore. Solo anni dopo ho capito quanto mi avevi mentito. E come io stupidamente avessi accettato senza fiatare tutte quelle menzogne.

Ma perché ti racconto tutto questo, Perdu, amore mio? So che te la ridi perché sono brava a inventare. «Non a caso fai la scrittrice, mamma, ti sei inventata tutto, sai benissimo che io non sono mai cresciuto, sono rimasto un'ombra nel tuo ventre. La vera mentitrice sei tu, io ho solo giocato e mi sono perduto.» «Eppure io le conosco queste storie» ti ho risposto, «perché le ho vissute attraverso i figli delle mie amiche, sapevo che, se tu fossi cresciuto, avresti agito come loro. Mi spaventava la tua violenza, la violenza dei ragazzi che imparano l'amore attraverso la pornografia, non credono nei progetti a lunga scadenza, odiano perfino i baci, le carezze, ma vogliono arrivare subito al coito, che deve essere fatto a freddo, con rabbia, con furia, con dolore. Il pene è un'arma che penetra e colpisce, il pene è la bandiera di un corpo in fiore che impara a punire e ferire, non è così, Perdu?»

Lui non risponde. Ha messo la barba pur restando dentro il suo mistero di bambino mai nato. Ha sviluppato muscoli di ferro e ha imparato l'arte della presunzione puberale. Presunzione e arroganza. Il mondo ti pone delle sfide e tu devi vincere, altrimenti sei una merda. Non è così che parli? Io lo so, lo sento che il ventre materno è diventata una prigione per te e ne vuoi uscire ma non puoi, perché sei legato. Ma non sono io che ti tengo legato. Io vorrei farti volare dalla finestra, come quando si libera una colomba, che se ne vada per il cielo con un battito di ali.

Invece no. Tu preferisci torcerti rabbiosamente nel mio pensiero. Non vuoi andartene, ti arrotoli su te stesso come un fantasma di ragazzo, uno che agisce attraverso i vaghi presentimenti di una madre, che maledizione! Anche se qualcuno che ti assomiglia, qualcuno che ha il tuo stesso nome, Perdu, in questo momento si sta arrampicando su per una finestra per sgusciare come un ladro dentro un appartamento pieno di cose belle che ti divertirai a spaccare, bruciare, fare a pezzi. Per la gioia di farlo, lo so. «Non rubo mamma, faccio solo la barba al mondo» dice mio figlio ribaldo, e sento che la voce gli si sta arrochendo. «Non vuoi che leggiamo un libro insieme?» Ma lui scuote la testa. «Niente libri, mamma, sono noiosi, piuttosto comprami un coltello come quello che tiene in tasca Marco. Devo imparare a uccidere i gatti come fa lui, con un colpo secco, per poi staccargli la testa e lasciarli lì come un monito a chi oserà mettere piede sulla strada proibita, la nostra.»

22

«Le madri femministe non hanno saputo insegnare ai figli il rispetto delle donne» mi dice una amica, «cosa avete combinato voi donne del Sessantotto? Una serie di cazzate, e il mondo è rimasto come era.» «Questo non è vero, Silvana. Se non altro le leggi sono cambiate tutte, radicalmente. Le donne oggi sono pari per legge.» «Grazie, ci vuole poco a cambiare una legge, tanto chi se ne frega, le leggi sono fatte per non essere applicate. È la testa della gente che dovevate cambiare, e non l'avete fatto.» «Ci abbiamo provato, Silvana.» «Fallimento del femminismo, fallimento della sinistra» ripete sconsolata Silvana. La sua voce suona risentita e punitiva.

«Non sempre la vittoria del più forte significa la perdita del più debole» rispondo io, «ricordati che Gesù Cristo è stato inchiodato mani e piedi a una croce. Ha perso dal punto di vista sociale, ma ha vinto nel tempo come nessuno avrebbe immaginato, dando una impronta etica diversa, modernissima e democratica a molti popoli che lo hanno accettato come punto di riferimento spirituale.» «Peschi troppo lontano: di Gesù Cristo non si ricorda più nessuno, nemmeno la Chiesa.» «Be', ti faccio un esempio più recente: la primavera di Praga. Hanno perso gli studenti, hanno perso gli intellettuali, gli operai, le donne.» «E allora?»

«È sbagliato pensare che quando si perde si passa dalla parte del torto. Ha vinto il più forte del momento, ma non è detto che la sua forza sia quella che va verso la ragione e il progresso. Anche in Iran ha vinto il totalitarismo religioso, ma questo non significa che chi crede nella libertà e nella democrazia abbia fatto errori irrimediabili. Vince chi spregiudicatamente usa la forza, chi si appropria delle armi, chi mente pubblicamente e possiede gli strumenti per fare credere alle sue menzogne, vince chi fa il prepotente. Ma alla lunga poi perde, perché il bisogno di libertà e giustizia in tempi propizi rinasce e i prepotenti sono destinati a essere travolti.»

«Sei di un ottimismo infantile e quasi commovente, ma così lontano dalla realtà da risultare insopportabile.» «Se non hai un minimo di fiducia nel futuro, Silvana, non cambierai mai niente. Rimarrai nel tuo buco a maledire i potenti e a criticare tutto e tutti senza muovere un dito per migliorare le cose. Pensa a san Francesco, che ha perso su ogni fronte, ma alla lunga ha vinto.» «In che senso ha vinto?» «Be', l'Italia non sarebbe quella che è se non ci fosse stato san Francesco. E santa Chiara, te la dimentichi, con le sue lotte contro la Chiesa come istituzione.» «Cosa avrebbe fatto santa Chiara per le donne?» incalza Silvana, che è una che la logica se la rigira fra le dita con disinvoltura da giocoliere. «Ricordati che sia lei, sia san Francesco erano imbevuti di una cultura modernissima alla loro epoca, quella provenzale, dell'amore cortese, della gentilezza al posto della spada, della poesia al posto delle preghiere.»

«E cosa è rimasto di tanta gentilezza?» ridacchia Silvana, che ha il dente avvelenato contro la Chiesa, e non crede a niente salvo che al proprio mugugno. «Chiara voleva predicare il Vangelo e Francesco era favorevole, ma la Chiesa no. Durante i sempre più intolleranti Concili, i santi Padri hanno stabilito che le donne non avevano né l'intelligenza né la maturità né la conoscenza per predicare il Vangelo. Eppure c'è ancora qualcuno che crede nelle parole di Cristo e nella intelligenza di Francesco e di Chiara, che erano contro le crociate, contro la Santa Inquisizione, contro le guerre e contro le condanne facili. Sono loro che rappresentano oggi la migliore Italia. Sono loro i modelli a cui ancora molti si riferiscono: non una guerra contro la Chiesa, ma contro le deviazioni dal Vangelo. Non un rifiuto del cristianesimo, ma la voglia di tornare alle parole di Cristo.»

Silvana è scettica. Mastica amaro. Ma pure mi ascolta quando racconto di Francesco, che aveva una madre francese e veniva dalla famiglia nobile dei De Bourlemont. "Pica era una donna intelligente e aperta che si era formata sui poeti occitani e credeva nell'amore cortese, che rappresentava allora l'avanguardia del pensiero europeo." Anche Perdu lo sa, perché gliel'ho raccontato tante volte e poi l'ha letto nel mio libro su Chiara di Assisi. Dovrebbe conoscere a memoria la più bella poesia della letteratura italiana, *Il cantico delle creature*, te lo ricordi, animella mia? Anche Chiara veniva da una famiglia in cui le donne avevano un ruolo importante. Ortolana Fiume, la madre, era andata da sola in Palestina, cosa scandalosa a quei tempi. E lei, fin da bambina, aveva dimostrato di aderire a idee vicine a quelle dei Catari, cosa per cui allora si rischiava la pena di morte. Comunque seguiva le parole del Vangelo e di questo la Chiesa non poteva rimproverarla, anche se disapprovava. Sia lei sia Pica si erano nutrite delle scritture di Chrétien de Troyes, di Maria, contessa di Champagne, di Eleonora d'Aquitania.

«Capirai, come se si potesse cambiare il mondo con la letteratura» mi ribatte Silvana. «Certo quella apparteneva alla vita mondana, ma il concetto di cortesia e rispetto per il femminile si insinuava anche nei conventi e risuscitava la voglia di imitare Cristo e la sua vita povera e semplice. Ricordati che Cristo andava a piedi scalzi, non aveva casa, non possedeva beni e si è fatto mettere in croce pur di non rinunciare alle proprie idee. Per Chiara questo era l'esempio da seguire, non la Chiesa con le sue burocrazie, le sue pompe magniloquenti, le sue ricchezze e i suoi riti sfarzosi. Nel convento da lei fondato le monache dovevano andare scalze, dovevano dormire per terra, con la testa appoggiata su un cuscino di pietra, dovevano praticare il digiuno, essere cortesi con tutti, accogliere chiunque e fare continui sacrifici.»

«Ma la Chiesa è anche altro» risponde Silvana, «la Chiesa è un popolo di milioni di persone, e per governare questi milioni occorrono soldi e banche, e per guidare le banche ci vogliono i banchieri, gente coi coglioni, pronta a sporcarsi le mani.» «Francesco non ce l'aveva coi banchieri, ma chiedeva che non si identificassero con coloro che guidano la Chiesa. Date a Cesare quello che è di Cesare, ti ricordi?» «Il governo di un popolo di miliardi di persone, come quello della Chiesa, non può vivere di sogni, non può andare a piedi scalzi, non può mantenersi con pane e cipolla.»

«Sì che può, purché lo Stato, che si occupa della materia e traffica col denaro e con le leggi, se ne resti separato dalla Chiesa, che difende lo spirito e traffica con l'assoluto. San Francesco, come sa bene il mio bambino fantasma che porto sempre con me, ha scritto la più bella poesia della letteratura italiana.» «Che te ne frega delle poesie, sei una ingenua scriteriata!» «Francesco ha avuto il coraggio di chiamare sorella la morte, non solo la luna, le stelle, ma anche la morte.» «E con questo?»

«Silvana, non dimenticare che il Vangelo è stato scritto da alcuni pastori e pescatori dalle idee semplici e rette, mentre la Chiesa, nei secoli, è entrata con tutti e due i piedi dentro quel pasticcio violento che era la politica medievale dei signori e dei grandi proprietari di terra, dove tutti erano contro tutti, la vita non valeva niente, i prepotenti avevano la meglio e anche chi si definiva cristiano si considerava legittimato a tenere sottomessi gli schiavi, le donne, i contadini e se ne faceva un baffo delle parole di quel candido ragazzino nato a Betlemme dentro una grotta, che girava per il mondo a piedi scalzi, a predicare l'amore per il prossimo e la nudità dei pensieri.» «Proprio per questo siamo precipitati in fondo alla valle, cara mia» risponde Silvana, che ha una mente acuta ma tutta volta al rimbrotto e al pessimismo cosmico, «siamo caduti dentro un crepaccio buio da cui non sappiamo come uscire.»

23

Perdù mi è venuto in sogno. Ha la voce da uomo ormai. Ha compiuto vent'anni un mese fa. Ha gambe robuste, occhi determinati, guance coperte di peli che lui si lascia crescere alla moda di oggi. Una moda che rende gli uomini più patiti e romantici, ma li invecchia anzitempo. È bello, e le ragazze se lo mangiano con gli occhi. Gli piace sciare, gli piace andare sott'acqua a cacciare cernie e totani. In questo assomiglia a mio padre, che era uno sportivo a tutto tondo. Anche la passione per le scalate l'ha presa da lui. Ricordo di averlo seguito per anni sulle rocce il mio fascinoso papà, ma poi ho smesso perché soffrivo di vertigine. Ero brava a montare in cordata sulle rupi verticali, ma se mi voltavo indietro e vedevo il vuoto sotto di me, mi paralizzavo.

Ha tanti talenti il mio figlio ormai cresciuto e li insegue tutti con passione, senza mai veramente andare a fondo. Il gruppo guidato da Marco, il piccolo e inconsapevole criminale, si è dissolto, per fortuna. Marco a diciotto anni è partito a fare il paracadutista. Simone è andato in Francia con l'Erasmus, e degli altri non ho saputo più niente. Mi sembra che anche il suo rapporto con le ragazze si sia ammorbidito. Non parla più di castigarle, distruggerle, strozzarle per punirle di non si sa cosa.

Ha ripreso a leggere e mi fa tante domande il giovane Perdu, anche se finge di non essere lui a pensarle. Gli sembra che chiedere delucidazioni a una vecchia femminista sia una vergogna per un giovane maschio. «Il mio amico Carlo dice che l'emancipazione ha fatto più male che bene: le donne ora vogliono, pretendono, esigono e insomma sono diventate insopportabili. Ma cosa vogliono da noi maschi?» «Forse solo un poco di rispetto» rispondo canzonandolo.

«Carlo dice che qualcuno ha scritto a suo tempo che le donne vorrebbero il pene che non hanno, per questo soffrono e si macerano.» «Già, questo qualcuno si chiamava Freud e prendeva per invidia del pene semplicemente l'invidia per la libertà di cui godevano i maschi.» «Carlo dice che le donne vogliono diventare come gli uomini, ma secondo te è questo che vogliono? Diventare brutte, farsi crescere la barba?» Ride impacciato, come se ridesse del suo amico che fa strane domande, che lui non farebbe mai. Gli ho messo in mano il libretto che ho scritto anni fa: *Un clandestino a bordo*. Ma non l'ha letto. L'ha lasciato sul divano dove giace da giorni.

«Il mio amico Carlo dice che il femminismo è morto e sepolto, in realtà lo dicono anche le mie amiche Chiara e Stefania» insiste il piccolo fantasma che è cresciuto senza che io lo volessi e ha messo su barba e baffi. «Sarà anche morto, ma se non fosse esistito, le tue amiche non avrebbero le libertà che hanno oggi e che considerano diritti acquisiti da sempre.» «Quali diritti, mamma? Ti sembra un diritto quello di andare in giro con le gonne all'inguine e pretendere che un uomo non ti guardi con la voglia di prenderti?» «Pensavo ti fosse passato questo disprezzo per la civetteria femminile che, come ti ho detto, è solo una risposta ingenua al linguaggio convenzionale del gioco dei generi.» Perdu mi fissa con occhi compassionevoli. Mi vede come una ingenua fuori dal mondo. Ma oggi ha uno sguardo più affettuoso del solito. Più che rifiutarmi sembra disposto a proteggermi.

Ma come posso far capire a mio figlio che il suo linguaggio è ancora poco rispettoso, anche se lo attribuisce, pudicamente, al suo amico Carlo? Non voglio incattivire il nostro rapporto. Gli parlo con calma dei diritti acquisiti, come il diritto di famiglia per esempio, che era strutturato come una piramide con in cima il capo famiglia, che aveva il potere di decidere sulla moglie e i figli. Legalmente era lui che rispondeva del suo nucleo. La moglie doveva sottostare al suo potere, economico e sociale. «Il diritto di famiglia è stato abolito nel '75, capisci, proprio in seguito alle battaglie del movimento delle donne.»

«E il diritto di denunciare lo stupratore, ti pare niente?» insisto appellandomi alla sua ragione, che è sempre stata pungente. «Prima della nuova legge, lo stupratore non veniva accusato di avere violentato una donna ma di avere offeso la morale pubblica. Il caso di Franca Viola lo conosci? Era stata violentata da un suo spasimante, e sapeva che dopo sarebbe stata costretta a sposarlo. Ma lei non lo amava e non lo voleva. Quindi disse di no. Fu minacciata di morte. Andò sotto processo e vinse il processo. Da quel momento è cambiata la vita di tutte le italiane.»

Mi ascolta, lo so che mi sta ascoltando, anche se finge di no. Nella sua testa intelligente e sensibile sta accadendo qualcosa che forse non si aspettava. Si accendono delle piccole luci che sembrano lucciole imbambolate nella notte dei cespugli. Sembra che facciano luce solo per mostrarsi, ma finiscono per illuminare qualche brandello di paesaggio ignorato.

È incredibile quanto mio figlio Perdu assomigli a mio padre. Lo stesso sorriso seducente, gli stessi occhi dolci e curiosi, la stessa corporatura atletica e asciutta. Insieme sarebbero andati molto d'accordo. Da lui ha preso il gusto per le Dolomiti, per le scalate difficili sulle bianche rocce di Lavaredo, le tre cime, le piccole meraviglie delle Dolomiti.

Ma con chi ci è andato se non si è mai mosso dal mio ventre il piccolo Perdu sognatore? So che ha cantato, come cantava mio padre che era stato alpino e conosceva le canzoni della montagna, le più drammatiche, quelle che raccontano di soldati che vanno in treno al fronte o quella del capitano che sta per morire e chiede che il suo corpo sia fatto in tanti pezzi: un pezzo per la montagna, uno per i soldati, uno per la patria, uno per la sua bella ma anche uno "per la sua mamma".

A quel punto c'era una incrinatura nella voce di mio padre, perché la sua mamma inglese lui l'aveva adorata, mentre era sempre stato in guerra col padre autoritario e fascista. E quella del treno che porta gli alpini verso la prima linea dove sanno che moriranno nel freddo e nella desolazione, lontani dalla madre e senza un perché, in una stupida guerra fatta di massacri inutili, lo commuoveva. Anche lui era stato in prigione per due anni in Giappone (dove sono stata anch'io, ma questo te lo racconto un'altra volta) e un giorno il cuore aveva preso a stringerglisi nel petto come se un topo lo mordesse a sangue. Poi aveva saputo che quel giorno la sua amata mamma Yoi era morta, sussurrando il suo nome, per un infarto, cadendo lunga distesa nell'ordinatissimo prato orlato di dalie del nonno Antonio. Sento la voce ancora un poco infantile del mio Perdu che canta le stesse canzoni che appassionavano mio padre: «Vinassa vinassa, e fiaschi de vin». Bisognava pur finire con un inno alla vita!

24

Silvana è la mia amica del cuore, come si suole dire fra ragazze. Ci siamo conosciute a scuola: dividevamo il banco al liceo. Da principio mi era antipatica. La trovavo supponente, sempre irrequieta, sempre scontenta, sempre a criticare tutto e tutti. Però, poi, conoscendola meglio ho scoperto che sotto la sua insofferenza c'era un grande amore per la libertà, c'era un pensiero profondo e c'erano braccia aperte per accogliere il mondo, anche e nonostante i mugugni e le critiche. Invidiavo i suoi capelli lisci, nerissimi, i suoi grandi occhi scuri, la sua pelle ambrata. Lei quando prendeva il sole diventava color caffè tostato, io diventavo rossa e mi riempivo di macchie. I suoi capelli, con l'umido si facevano di un nero lucido luminoso, i miei, che sono ricci e biondi, si attorcigliavano facendomi sembrare sempre spettinata e irsuta.

Silvana non aveva paura di niente e si buttava nelle avventure con cuore saldo. Io avevo paura di tutto e mi nascondevo per non farmi vedere. Lei era spavalda e sicura delle sue idee. Io ero sempre incerta e impaurita, di una timidezza paralizzante: non riuscivo ad entrare in un cinema con le luci accese perché mi vergognavo, così sgattaiolavo agli ultimi posti quando la luce era spenta. Non riuscivo a entrare in un negozio senza poi comprare qualcosa. Non riuscivo ad attraversare la strada per l'angoscia di essere guardata.

Insomma, eravamo due persone diversissime. Eppure siamo diventate amiche, nonostante i battibecchi, le insofferenze di lei, le critiche su ogni mio gesto, nonostante i miei timori, le sue arroganze e gli improvvisi timori che mi portavano a rintanarmi nel guscio della lumaca che era il mio corpo goffo e informe. Lei era splendida, e il corpo lo mostrava con piacere, anzi spesso lo esibiva senza neanche pensarci. Aveva caldo e si spogliava, mentre io mi sarei sciolta al sole piuttosto che mettere a nudo un solo braccio.

Per tutto il liceo siamo rimaste sempre insieme. Nello stesso banco a scuola, a fare i compiti a casa sua o a casa mia. Più spesso da lei, perché c'erano tante stanze libere, sua madre era giovane e bella e ci serviva delle merende squisite. Mentre la mia casa era piccola e povera e mia madre era sempre fuori perché lavorava all'azienda vinicola di famiglia che stava andando a rotoli nella penuria del dopoguerra. Mio padre, anche lui si vedeva poco. Il frigorifero era sempre vuoto e il tavolo a cui lavoravamo era lo stesso su cui si mangiava a pranzo e a cena.

Finito il liceo, Silvana è partita per Padova. I suoi si sono trasferiti vicino all'ospedale dove suo padre faceva il chirurgo e sua madre la fisioterapista. Ci scrivevamo quasi ogni giorno. Poi sempre più raramente. Finché un giorno mi è arrivata una sua partecipazione di nozze. Un cartoncino con disegnata una cornice di gardenie bianche: "Angelo e Rosalinda Salienti partecipano con gioia alle nozze della loro figlia Silvana con Rodrigo Sapegno”. Ho preso il treno per assistere al loro matrimonio.

Non mi aspettavo tanta magnificenza. Doveva essere ricco anche il marito, che faceva il commerciante di non so che. Silvana non vestiva in bianco, ma indossava un bellissimo abito spumoso, color malva, una corona di fiori bianchi, e sembrava contenta, rideva per ogni stupidaggine. Solo quando mi ha vista si è commossa e le sono spuntate due lacrime che si è asciugata con le dita coperte di anelli. «Sei così cambiata» ho detto guardando il suo corpo elegante e la testa ingioiellata, ma già così arresa. «Sembri un’altra.» «Sono un’altra» è stata la sua risposta e mi sono chiesta perché.

Che fossero ancora valide le parole di Simone de Beauvoir, quando dice che le donne, nello scegliere il matrimonio tradizionale, accettano una mutilazione, non fisica ma psicologica? “Nell’adolescenza la ragazza ha coscienza di sé come individuo autonomo: nel rapporto coi genitori, gli amici, negli studi e nei giochi scopre se stessa in quanto trascendenza." Ma dopo? Dopo comincia quella che Simone chiama "l'attesa dell'uomo". Che le viene inculcata come una necessità e uno scopo del suo destino femminile. Il matrimonio come necessità e fine. Il corpo si deve abituare a ospitare una nuova vita e quindi ogni approccio verso questo corpo sarà o una esaltazione di quella sacralità o una umiliazione della stessa, uno stupro coniugale.

«Il marito non stupra» mi dice Silvana senza pensarci. «In certi casi sì, per esempio quando la ragazza viene sposata a uno sconosciuto che ha il doppio della sua età.» «Ma da noi questo non avviene più da secoli.» «Avviene in gran parte del mondo, Silvana, ormai non puoi più pensare a *noi* e a *loro* come due mondi separati, ci stiamo intrecciando con tante culture diverse che non possiamo tenere fuori dalla porta. Dobbiamo affrontarle e confrontarci. Ma possiamo farlo solo se ci teniamo ben bene attaccati alle nostre conquiste, difendendole, anche se per difenderle bisogna crederci e pure tanto.»

«Lo stupro in natura non esiste» continuo, sperando che mi ascolti nonostante la sua disattenzione. «Gli animali non stuprano. È una pratica squisitamente umana: il bisogno di umiliare e assoggettare la donna del nemico in guerra. Infatti nasce come arma di terrore durante i conflitti più lontani. Tante cose sono cambiate ma non l'abitudine di imporre la propria sessualità a chi è più debole, più indifeso, più fragile, più povero o più impaurito.»

Per una volta la vedo pensosa di fronte alle mie parole. Che stia cominciando a credere che il mugugno e la critica insistente non portano da nessuna parte? «Lo stupro non è come entrare con gli scarponi nel corpo di una donna?» dice quasi inseguendo un pensiero insolito. «Proprio così, il possesso violento non vuol dire solo "ti schiaccio, ti infilzo, ti sottometto", ma che sigillo il mio potere su di te e su tutto ciò che ti circonda e ti appartiene. Col tuo corpo mi approprio anche dei tuoi pensieri, delle tue paure, dei tuoi bisogni, delle tue voglie che non saranno più veramente tue. Non a caso è sempre l'uomo che dice “ti prendo”, “ti possiedo”. La donna, anche linguisticamente, non possiede e non prende ma si fa prendere e possedere. Il lessico rivela i rapporti di potere, non ti convinco?»

So perché non la convinco. Silvana si sente padrona del suo corpo, padrona della sua nella casa, del suo bel giardino, dei suoi bei vestiti. Ma di fronte a quel dolce giovane che aveva sposato sembrava pronta a giocare un ruolo. “La donna non sale di valore agli occhi degli uomini accrescendo il proprio valore umano: ma modellandosi secondo i loro sogni. [...] La più servile come la più altera impara che, per piacere, bisogna abdicare”. Sono sempre parole di Simone: “Gli uomini non amano [...] le saccenti, le donne di cervello; troppa audacia, cultura, intelligenza, carattere, li sgomentano [...] Essere femminile, significa mostrarsi impotenti, frivole, passive, docili. La giovinetta deve abbellirsi, mettersi in mostra, soffocare la propria spontaneità e sostituirla con la grazia affettata che le insegnano le donne più anziane. Ogni autoaffermazione diminuisce la femminilità e le possibilità di seduzione”.

«E tu credi che siano ancora valide queste parole scritte nel 1949?» Ora mi deride e vedo che vorrebbe smetterla con questa stupida diatriba. «Ho paura di sì, Silvana, nonostante i grandi cambiamenti. Ancora oggi la donna che sognano gli uomini è il tipo Marilyn Monroe: bella, fragile, moralmente e intellettualmente balbuziente, bisognosa di guida e protezione, ignorante, impaurita, una che si consegna all'uomo perché la modelli e la conduca dove volano i suoi sogni. Anche se, come sappiamo, Marilyn era tutt'altro che una ragazza debole e sprovveduta. Ma lo stereotipo cinematografico che le veniva affibbiato era quello e l'ha recitato così bene che ha finito per identificarsi e morire di quella fragilità e di quella seduzione il cui linguaggio era diventato profondamente suo.»

«Le donne oggi sono libere, autonome, lavorano, si guadagnano la vita, che c'entra Marilyn Monroe?» «Non sei tu che mi hai trascinato pochi giorni fa in quel negozio del centro, a comprare reggicalze color sangue, mutandine traforate nere e rosse che lasciano liberi i glutei, perfino un reggiseno con le coppe

imbottite per sollevare e mettere in mostra il seno?»
«Be', mi piace mostrarmi sexy con chi faccio l'amore» risponde. Ma so di averla colpita. Il suo sorriso non è più tanto sicuro di sé.

25

Il giorno del suo matrimonio mi ha ferito vederla così arresa, così dipendente da quel giovanotto che la esibiva come un trofeo. Aveva l'aria di volerla proteggere ma anche dominare e controllare, più che andare con lei, mano nella mano, verso il futuro. Era bella più che mai, la felice Silvana, ma la sua bellezza sembrava non appartenerle più. L'aveva donata, come si fa un regalo di nozze, al suo sposo, che d'altronde se n'era subito appropriato con evidente soddisfazione e atteggiamento glorioso.

Per anni non l'ho più vista. Ho saputo poi che ha fatto due figli e so che ora sono grandi e lavorano all'estero. Ci siamo incontrate un giorno in un bar di

Bologna dopo uno scambio di mail in cui esprimevamo il desiderio di vederci. E mentre sorbivamo un cappuccino bollente in un giorno di piogge insistenti, mi ha raccontato che aveva lasciato il marito. «Come mai? Che è successo?»

«Pretendeva di tenere in vita il matrimonio pur andando a letto con altre donne. Io ho sopportato per qualche tempo ma poi mi sono stufata e gli ho detto che me ne andavo. Lui si è infuriato, ha cercato di strangolarmi. Poi se l'è presa con se stesso e si è appeso al filo del lampadario con la cintura della vestaglia per impiccarsi mentre ero in cucina. Ho sentito un tonfo e rumore di vetri spezzati. Il filo non aveva retto ed era venuto giù il lampadario. Lui poi l'ho trovato lì sotto mezzo soffocato.

«Ti confesso che ci siamo messi a ridere tutti e due, seduti per terra in mezzo ai cocci del lampadario, ci siamo abbracciati e gli ho promesso che sarei rimasta con lui. Ma da quel momento è diventato insopportabile: spiava ogni mio movimento. Mi seguiva per strada, dovunque andavo me lo trovavo davanti, era convinto che lo volessi lasciare per un altro. Ma non avevo nessun altro, ero solo stufa. La cosa grottesca sai qual è? Che nonostante la gelosia furiosa e le tante trappole che mi metteva sulla strada per prendermi in fallo, non ha smesso di cercare altre ragazze, anche a pagamento, e di amoreggiare spudoratamente davanti ai colleghi che qualche volta, da pettegoli quali erano, me lo venivano a raccontare.

«Una notte che è rientrato tardi con dei segni di rossetto sul collo, ho preso una valigia, l'ho riempita di vestiti e ho fatto per uscire. Lui ha cominciato a gridare che mi amava, che non dovevo rovinare un matrimonio così felice. "Ma io non ero affatto felice. Sei disposto a rinunciare alle tue conquiste?" gli ho chiesto, e lui sai cosa mi ha risposto? "Sono cose di nessuna importanza. La mia donna sei tu. Le altre sono solo delle distrazioni. Lo sai che lavoro tanto e mi stanco e mi annoio. Ho pur bisogno di qualche distrazione. Ma nessuna mai prenderà il tuo posto."

«Be', a me non importava di essere la sua donna in mezzo a tutto quel traffico di ragazze. Non ero nemmeno gelosa, lo trovavo poco dignitoso e mi feriva.» «I figli come l'hanno presa?» «Bene, Jacopo mi ha detto: "Mamma, io voglio che tu sia felice, se con lui non lo sei, cerca altrove". Laura invece è stata dura: "Alla tua età, mamma, non troverai meglio di papà. Cerca di mandare giù le sue stupide scappatelle e rimani a fare la regina di casa". Ma a me non mi importava un cazzo di fare la regina di casa. "Diventerai povera" ha insistito mia figlia, che ha una visione pratica delle cose. "Non mi farò fermare per questioni di denaro" ho risposto, anche se sapevo che sarebbe stata dura.»

«E così te ne sei andata.» «Sì, ed è stata durissima amica mia. Ho dovuto rinunciare a una casa comoda e bella, mi sono dovuta trasferire in periferia, in un monolocale con figli a carico; ho dovuto rinunciare a comprare vestiti e scarpe di buona qualità, mi rifornivo nelle bancarelle, dai bangla o dai cinesi. Ho dovuto abituarmi alla povertà. Non è stato facile.» «Ma i tuoi genitori? Da bambina mi ricordo che abitavi in una grande casa con giardino e tuo padre aveva più di una macchina.» «Mio padre aveva perso il lavoro, e quando è morto non aveva più niente. Mia madre per fortuna è morta prima di lui. Ho dovuto dividermi fra lavoro e figli, è stata durissima. Infatti la vedi la mia faccia: è invecchiata anzitempo, e guarda le mani, sembrano quelle di una anziana contadina.» Si è messa a ridere. «E tu?» mi ha chiesto sgranando gli occhi. «Lo vedo che stai bene, sembri più giovane di me eppure abbiamo la stessa età.»

Le ho raccontato dell'aborto al settimo mese, del marito che è andato a vivere con un'altra in America, del fantasma di bambino che è rimasto vicino a me, anzi dentro di me, che è cresciuto e si è fatto adulto. Le ho raccontato di te, Perdu, dei nostri fitti dialoghi segreti. Lei sorrideva incredula. «Mi sa che sei un poco matta» ha commentato, «non si parla coi morti.» «Ma lui non è morto.» «Sei proprio una visionaria. Se avessi avuto un altro figlio, non faresti questi sogni perversi.» «Non ho più potuto fare figli Silvana, il mio corpo è stato mutilato da quell'aborto lontano.»

«Anche il mio» ha detto lei sibillina, ma non ha voluto spiegarmi perché.

Ci siamo riviste dopo quasi un anno. L'ho trovata ringiovanita, con uno sguardo festoso. Solo le mani portano i segni del tempo passato. «Per noi donne il corpo è il luogo delle contraddizioni più assurde, che mai ci accontenta ma ci allarma sempre, soprattutto quando diventa invisibile e rattrappito, tu hai capito perché?» Silvana oggi prende un tono amaro e offeso. «Forse perché la trascendenza erotica per una donna, come dice Simone, consiste nell'accettare di farsi preda. Se vuole entrare nel gioco erotico maschile, deve prendere in carico la metamorfosi. Diventando donna comincia a sdoppiarsi invece di coincidere esattamente con se stessa, inizia a esistere fuori di sé.» «Tu sei quella delle citazioni. Hai una memoria strepitosa. Come fai a ricordare le parole di un libro che hai letto anni e anni fa?» «Certi libri li rileggo e così ce li ho freschi in testa, ma solo quelli per cui ne vale la pena naturalmente.»

Scoppia a ridere la bella Silvana dalle mani rovinate. «E quali sarebbero i libri che vale la pena di rileggere, secondo te?» «Be', tutti i classici tanto per cominciare. Se un libro passa vivo attraverso i secoli, vuol dire che ha qualcosa da dire, non soltanto alla sua generazione e ai suoi tempi, ma anche a quelli che vengono dopo. Significa che le emozioni che ti dà non sono solo sociali, di identificazione, ma sono universali.» «Ma dimmi qualche nome? Così magari ti seguo nel tuo ottimismo visionario.» «Se proprio vuoi dei nomi, perché non provi a leggere le mistiche?» «E dove le trovo?» «Qualche editore coraggioso le pubblica. Le lettere di Chiara di Assisi sono edite da Adelphi. Leggile, sono bellissime.» «Perché poi?» «Mi hanno insegnato molto sulla disubbidienza e la libertà di pensiero.»

«E che mi dici delle teoriche del femminismo, che ti confesso non ho mai letto: mi danno una certa inquietudine. Odio il fanatismo.» «Perché le donne quando sostengono delle idee diventano fanatiche?» «Lo sono.» «Marx lo chiameresti un fanatico?» «Che c'entra

Marx?» «È uno che ha riflettuto sulle ingiustizie sociali e ha proposto delle soluzioni. Puoi essere più o meno d'accordo con lui ma non lo definiresti un fumoso estremista, solo un uomo di pensiero. Lo stesso hanno fatto donne come Olympe de Gouges, che nel 1791 ha osato stilare una dichiarazione pubblica dei diritti civili e politici delle donne ed è stata ghigliottinata.»

«Ne sai sempre una più di me. È vero che stai tutto il tempo col naso nei libri. E allora?» «Allora potresti dare una occhiata a Christine de Pizan, una francese di origine italiana che nel 1405 ha scritto un importante libro chiamato *La città delle dame*, in cui si riflette sulla condizione di inferiorità femminile dovuta agli scarsi studi e alla scarsa autonomia economica.» «Che vuoi che mi interessi una roba scritta nel Quattrocento?»

«Vuoi leggere qualcosa di più moderno? Prendi Betty Friedan e la sua *Mistica della femminilità*. Ti fa capire tante cose sul mito della femminilità seduttiva. Oppure *Dalla parte delle bambine* di Elena Gianini Belotti. O ancora Shulamith Firestone, che con *La dialettica dei sessi* analizza storicamente la questione della differenza di genere. O anche Eva Cantarella, che con i suoi studi sui miti greci ha esplorato le zone più luminose e quelle più oscure della grande tradizione culturale europea. Se poi preferisci che sia un uomo a chiarirti le idee sulle ingiustizie di genere, leggi Charles Fourier, che per primo ha usato l'espressione *esclavage conjugal*, ovvero "schiavitù coniugale", oppure Nicolas de Condorcet, con le sue riflessioni coraggiose sulla schiavitù. Se invece vuoi leggere qualche testo del femminismo classico moderno, prendi Luisa Muraro con *L'ordine simbolico della madre* o Rosy Braidotti con il suo *Dissonanze: le donne e la filosofia contemporanea.*»

«E se volessi sapere qualcosa sull'eros femminile, che libri dovrei leggere secondo te?» «Sull'eros andrei più cauta. Ci ha provato Anaïs Nin a raccontare il piacere femminile ma ha finito per raccontare quello maschile. Interessante lo studio di Shere Hite, una ricercatrice americana che negli anni Settanta ha interrogato migliaia di donne su come vivevano la loro sessualità, se raggiungevano l'orgasmo o meno, e come lo raggiungevano. Curioso il risultato: una donna su tre confessava di non riuscire a provare l'orgasmo nell'amplesso e per non deludere il partner faceva un poco di teatro, in altre parole, fingeva. La Hite attribuisce questa incapacità a una mancanza di fiducia e serenità nel rapporto con l'uomo, in cui le donne sono ancora soggette a forme di timidezze e di paura. Insomma, un rapporto ancora più subìto che agito. Tutte però confessavano di riuscire a raggiungere l'orgasmo anche in pochi minuti con la masturbazione.»

«Tu prima hai detto che l'eros femminile non ha nome, non esiste.» «Per esistere, esiste, ma non ha un suo sistema simbolico che sia riconosciuto da tutti. Per il momento, l'eros femminile vive ancora delle emozioni e dei desideri maschili. Ma ti voglio citare qualcos'altro. "Il desiderio maschile è un omaggio ma anche una offesa" dice la mia amata Simone. Molte donne si inorgogliscono del desiderio che suscitano, spesso fanno di tutto per provocarlo, ma capiscono, mentre esercitano questo potere di attrazione, che si tratta di un non potere, perché il desiderio maschile ti esalta come corpo pulsante ma ti cancella come cervello pensante.»

«Tu citi sempre Simone de Beauvoir, che a me è antipatica, sembra che ti voglia insegnare l'alfabeto e cade spesso nell'ovvio.» «Non mi sembrano tanto cambiate le cose se guardo il tuo corpo che parla il linguaggio della seduzione frustrata.» Silvana mi osserva pensosa. Per principio mi contraddice, ma questa volta tace. «Sei proprio sicura che non esista un desiderio femminile che si faccia linguaggio istituzionale?» «Direi proprio di no. Il desiderio erotico femminile è un non detto. È invisibile pur essendo vivo nel corpo femminile, non ha una sua rappresentazione visiva e riconoscibile.» «E quello maschile sì, invece?»

«Be', guardati intorno per la strada, osserva i cartelloni della pubblicità, che si tratti di una automobile o di una birra, si parte sempre dal corpo femminile, che a volte diventa l'oggetto messo in vendita: l'arancia chiamata Rosaria, l'acqua minerale liscia, o riccia come la bella di turno. Per non parlare dei quadri, che da millenni raccontano sempre il corpo femminile esposto, esibito, accarezzato o vituperato, ma lo sguardo, il punto di vista è sempre quello maschile. È lui che ne racconta la storia, è lui che spiega i misteri della maternità, è lui che esalta l'amore, il desiderio, il ratto, la violenza, la famiglia, l'adulterio. La narrazione viene sempre da una voce androcentrica.»

«Quindi insisti nel dire che non esiste un desiderio erotico femminile?» «Certo che esiste, ma il desiderio femminile evoca quello maschile, non si riconosce come autonomo, si perde in una mimesi dolorosa.» «Quindi non credi nella emancipazione?» «Quella legale sì, quella dei diritti civili sì, quella erotica ancora no.» «Che vuoi dire, non ti capisco.» «Be', secondo te esiste una iconografia sessuale femminile? Dove la vedi? Dove si fa viva? Certo, nel corpo femminile l'eros esiste e si fa sentire, ma non ha una sua rappresentazione che lo renda legittimo e condiviso collettivamente. L'eros e l'età sono ancora i privilegi a cui gli uomini sono più attaccati e non vogliono perdere a nessun costo.»

«L'età in che modo?» «Be', un uomo di settanta anni che si mette con una ragazza di venti non fa scandalo, anzi è ammirato per la sua scelta, una donna di settant'anni che amoreggia con un giovane di venti è considerata una perversione.» «Eppure, lo sai, io credo di essermi innamorata di un uomo più giovane di me. E credo che lui mi ami.»

«Davvero, Silvana? Perché non me l'hai detto prima?» «Un poco mi vergogno. Ma dopo tante prove, ma tante sai?, credo proprio che mi ami.» «E tu lo ami?» «Con paura, ma sì, devo dire proprio di sì.» «È una bellissima notizia.» «Lui vorrebbe addirittura sposarmi. Ma gli ho detto di no.» Ci mettiamo a ridere. In effetti c'è una luce nuova nei suoi occhi che non avevo notato prima e che la rende luminosa e bellissima, nonostante le mani rovinate, qualche ruga che le sgualcisce il collo. «Forse le cose stanno cambiando, Silvana. Forse hai ragione tu, Simone de

Beauvoir aveva davanti un mondo che oggi non esiste più.» «Esiste, ma a qualche centinaio di chilometri di distanza da qui, non credi?» «Stai diventando saggia, oltre che innamorata?» «Sto diventando più attenta.» Per la prima volta sento una nota di ottimismo nella sua voce sempre opaca e reattiva.

26

C'è qualcosa di nuovo, e proviene dall'ombra che abita dalle parti del mio cuore. Sento una voce che da aspra si è fatta dolce, comprensiva. «Sei tu, Perdu?» «Sono io, mamma.» «Ma cosa ti è successo?» Mi accorgo che la voce gli trema mentre mi racconta che si è innamorato. «Anche tu?» «Perché, chi altro?» mi risponde allarmato. Ma non gli racconto di Silvana. Aspetto che mi parli. «Per la prima volta» lui dice, «mamma mi emoziono solo a sfiorarle una mano.» «E lei?» «Lei mi vuole, ma senza sdolcinatezze. Mi vuole come vuole il suo futuro.»

Fra le ombre di un mondo inesistente, forse solo sognato, il mio piccolo Perdu ha intrapreso la strada della mutazione. «Mi racconti, Perdu?» Ma lui tace. E poi piano piano, viene fuori la verità. Che è piena di spine come sa esserlo la vita quando la si vive fino in fondo, con generosità. Perdu si è innamorato di una ragazza di qualche anno più grande di lui. Ha attraversato le pianure della grazia. E poi le gole della gelosia. E quindi si è arrampicato sulle rocce dell'amore vero, quello che aspira alla conoscenza e al bene dell'altro. Si è trovato in cima a una montagna scoscesa da cui non sapeva come scendere senza sfracellarsi. Infine, strusciando contro le rocce, spellandosi le mani, e scorticandosi i piedi, è riuscito a scendere a valle, dove lo aspettava un pantano che lo ha quasi inghiottito.

Miracolosamente è riuscito a riprendersi. Ma quando si è alzato in piedi ha compreso di essere diventato un altro. Un uomo. E non abitava più nel corpo di sua madre, ma in un mondo pieno di pericoli e di strazio, ma anche di tenerezza e di comprensione. E da lì mi ha teso la mano. Ci siamo trovati ancora una volta insieme. Non più dipendenti l'uno dall'altro, ma persone, una anziana e una giovane, legate da un affetto profondo.

La sua paura del mondo femminile si è frantumata nel momento in cui ha conosciuto davvero una donna, nel suo mistero e nella sua allegria, nel suo amore e nella sua indipendenza. Tutti i pregiudizi che gli erano entrati nelle vene e scorrevano senza che quasi se ne accorgesse si sono sciolti ed evaporati quando ha scoperto che erano per l'appunto veleni, cascami di una cultura che non era nata da lui ma saliva da fumi lontani che stranamente stagnavano ancora nel respiro del mondo.

«Mi devi fare conoscere la ragazza che ti ha cambiato. Voglio ringraziarla.» Perdu ride. «Te la farò conoscere. Ti assomiglia» risponde. E mentre lo dice, lo vedo allontanarsi, ciondolando sulle lunghe gambe. «Addio, Perdu!» grido. So di avere perso il mio bambino. Ma so anche che è nato un uomo.

Fine

Bibliografia essenziale

- Babel, Isaak, *La donna e il socialismo. La donna nel passato, nel presente e nell'avvenire*, Savelli, Roma 1977
- Bachofen, Johann, *Introduzione al diritto materno*, Editori Riuniti, Roma 1983
- Banti, Anna, *Artemisia*, Bompiani, Milano 1994
- Bianchini, Angela, *Voce donna*, Frassinelli, Milano 1996
- Braidotti, Rosy, *Dissonanze: le donne e la filosofia contemporanea. Verso una lettura filosofica delle idee femministe,* La Tartaruga, Milano 1994
- Cantarella, Eva, *L'ambiguo malanno. Condizione e immagine della donna nell'antichità greca e romana*, Feltrinelli, Milano 2016

- Chiara d'Assisi, *Lettere ad Agnese. La visione dello specchio*, Adelphi, Milano 1999
- Chiavola Birnbaum, Lucia, *Black Madonnas. Feminism, Religion & Politics in Italy*, iUniverse, Lincoln 2000
- Cutrufelli, Maria Rosa, *L'invenzione della donna. Miti e tecniche di uno sfruttamento*, Mazzotta, Milano 1974
- de Beauvoir, Simone, *Il secondo sesso*, Il Saggiatore, Milano 2016
- de Condorcet, Jean Antoine Nicolas, *Riflessioni sulla schiavitù dei negri*, Colonnese, Napoli 2003
- de Gouges, Olympe, *Dichiarazione dei diritti della donna e della cittadina*, Caravan Edizioni, Roma 2012
- de la Cruz, Juana Inéz, *Versi d'amore e di circostanza*, Einaudi, Torino 1995
- de Pizan, Christine, *La città delle dame*, Carocci, Roma 2004
- Dickinson, Emily, *Tutte le poesie,* a cura di Maria Luisa Bulgheroni, I Meridiani, Mondadori, Milano 2004

- Figes, Eva, *Il posto della donna nella società degli uomini*, Feltrinelli, Milano 1979
- Firestone, Shulamith, *La dialettica dei sessi. Autoritarismo maschile e società tardo-capitalistica,* Guaraldi, Firenze 1976
- Friedan, Betty, *La mistica della femminilità*, Castelvecchi, Castel Gandolfo 2012
- Gianini Belotti, Elena, *Dalla parte delle bambine*, Feltrinelli, Milano 2014
- Graves, Robert, *La dea bianca*, Adelphi, Milano 2012
- Guiducci, Armanda, *Perdute nella storia. Storia delle donne dal I al VII secolo*, Sansoni, Firenze 1989
- Hite, Shere, *Il rapporto Hite*, Bompiani, Milano 2001
- Keuls, Eva C., *Il regno della fallocrazia. La politica sessuale ad Atene*, Il Saggiatore, Milano 1985
- Khadra, Jasmina, *Khalil*, Sellerio, Palermo 2018
- Lamarque, Vivian, *Questa quieta polvere*, Sansoni, Firenze 1987
- Magli, Ida, *La sessualità maschile*, Mondadori, Milano 1989

- Malinowski, Bronisław, *Argonauti del Pacifico occidentale. Riti magici e vita quotidiana nella società primitiva,* Bollati Boringhieri, Torino 2011
- Maraini, Dacia, *Chiara di Assisi. Elogio della disobbedienza*, Bur, Milano 2016
- Maraini, Dacia, *Un clandestino a bordo*, Rizzoli, Milano 2002
- Mead, Margaret, *Sesso e temperamento in tre società primitive,* Il Saggiatore, Milano 2014
- Millett, Kate, *La politica del sesso*, Bompiani, Milano 1979
- Mozzoni, Anna Maria, *La donna e i suoi rapporti sociali*, in F. Pieroni Bortolotti (a cura di), *La liberazione della donna*, Mazzotta, Milano 1977
- Muraro, Luisa, *L'ordine simbolico della madre*, Editori Riuniti, Milano 2006
- Pomeroy, Sara, *Donne in Atene e Roma*, Bompiani, Milano 1997
- Ravaioli, Carla, *La donna contro se stessa*, Laterza, Roma-Bari 1978
- Reed, Evelyn, *Féminisme et anthropologie*, Denoël-Gonthier, Parigi 1979

- Reich, Wilhelm, *La rivoluzione sessuale*, Feltrinelli, Milano 1984
- Rich, Adrienne, *Nato di donna*, Garzanti, Milano 2000
- Rowbotham, Sheila, *Esclusa dalla storia. Trecento anni di lotte della donna per la sua liberazione*, Editori Riuniti, Roma 1977
- Sabatini, Alma, *Il sessismo nella lingua italiana*, Presidenza del Consiglio dei ministri, Roma 1999
- Saraceno, Chiara, *Anatomia della famiglia. Strutture sociali e forme familiari*, De Donato, Bari 1981
- Spaziani, Maria Luisa, *La stella del libero arbitrio*, Mondadori, Milano 1986
- Stuart Mill, John, *La servitù delle donne*, Carabba Editore, Lanciano 2011
- Stuart Mill, John e Taylor, Harriett, *Sull'eguaglianza e l'emancipazione femminile*, Einaudi, Torino 2008
- Valeriano, Annacarla, *Ammalò di testa. Storie del manicomio di Teramo (1880-1931)*, Donzelli Editore, Roma 2014
- Violi, Patrizia, *L'infinito singolare. Considerazioni sulla differenza sessuale nel linguaggio*, Essedue, Verona 1988